Vinicius dos Santos Watzl Costa Lima

Crônicas de Damocles-Gusmão

1ª Edição

Rio de Janeiro – RJ

Edição do Autor

2015

VINICIUS WATZL

DADOS INTERNACIONAIS DE CATALOGAÇÃO NA PUBLICAÇÃO (CIP)

Lima, Vinicius dos Santos Watzl Costa
    Crônicas de Damocles dos Santos Gusmão / Vinicius
dos Santos Watzl Costa Lima. – Rio de Janeiro, RJ :
Edição do Autor, 2017.
    110 p. ; 23 cm.

    ISBN 978-85-919562-2-7

1. Literatura brasileira. 2. Crônicas brasileiras. I. Título.

                                    CDU 869.0(81)-94

Bibliotecário responsável: Fabrício Schirmann Leão – CRB 10/2162

ISBN: 8591956222
ISBN-13: 978-85-919562-2-7

Crônicas de Damocles-Gusmão

Vinicius Watzl

1ª edição.

Rio de Janeiro

Edição do Autor

2017

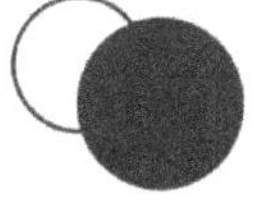

DEDICATÓRIA:

Dedico esse livro ao meu avô. Heitor dos Santos, o soldado 496!

v

SUMÁRIO

AGRADECIMENTOS

Gostaria de agradecer aos meus amigos, que jogaram as primeiras aventuras com os personagens do mundo de Damocles, ao grupo do RPG Next que trouxe a possibilidade de lançar esse livro como episódios de podcast e a você leitor que está acompanhando essas aventuras do Cascadura de Bragança.

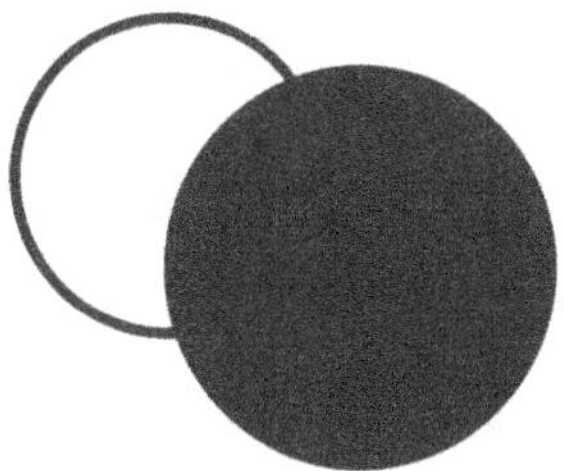

Introdução:

As crônicas de Damocles começaram como um projeto para a criação de áudio-dramas para a promoção do livro Damocles: O início. Elas apresentam nessa fase inicial prólogos das aventuras dos principais personagens do livro. Esse primeiro volume que você tem em mãos, trata de algumas das aventuras de Gaspar de Gusmão. O Cascadura de Bragança. Nele podemos acompanhar esse herói desde seu início espetacular, quando ganhou seu curioso apelido, até pouco tempo antes do início da aventura que se passa no livro.

Se você já leu o livro Damocles: O início, já conhece o personagem e vai aproveitar para conhecer algumas curiosidades de seu passado. Se ainda não leu o livro, espero que goste bastante do Gusmão, e aproveite o livro numa história bem mais complexa e de consequências importantes para o mundo.

Você também pode aproveitar as crônicas de Damocles no formato de áudio. Através do site do RPG Next.

Agora. Vamos à aventura!

Gaspar de Gusmão

Cascadura.

– Prefeito, o que vamos fazer?

– Acho que teremos de evacuar a cidade, não há tempo de chegarem as tropas de Bragança. E se não retirarmos as pessoas vão todos morrer.

– Malditos insetos!

– Sim. Não temos tempo a perder.

O prefeito Franz Klüger está numa situação realmente desesperadora. Algiers é uma cidade adorável com suas plantações, clima ameno e a água doce que desce das montanhas. Anualmente ocorre aqui a festa dos tomates , quando o rei em pessoa vem a Algiers para plantar a árvore simbólica. Não obviamente uma árvore de tomates, mas um carvalho.. As festividades são grandes e as pessoas aproveitam bastante. Esse ano, no entanto, provavelmente não poderá ocorrer essa festa. Ontem à noite um criador de cabras na montanha, chegou desesperado falando que da caverna próxima à antiga torre dos necromantes um enorme exército dos insectóides está saindo. Ele não conseguiu precisar um número pois não ficou próximo para contar mas estima que sejam milhares.

"Milhares de insetos. O que vamos fazer?" Pensa desesperado o pobre prefeito. "Não há tempo hábil para evacuar a cidade inteira.

Quando sai para a rua pode ver o pobre encarregado Emile Dupont, urgindo as pessoas a saírem. A não deixarem nada para trás, a abandonarem seus sonhos. Os insetos estão chegando... "Malditos insetos" pensa o pobre homem. Subitamente ele sente um toque no ombro.

— Com licença, o senhor é o responsável pela cidade?

— Quem é você homem?

— Sou Gaspar de Gusmão. Venho de Bragança. Vejo que o senhor está com problemas. Posso ajudar?

— Só se você possuir um canhão ancestral com você! Um exército de insectóides está vindo. A cidade vai ser tomada.

— Nas minhas aventuras eu geralmente vejo que aqueles que reportam são dados a exageros. Se importaria se eu ajudasse? Posso tentar deter essa invasão. Não devem ser muitos.

— Não seja louco homem! Você, um desconhecido, um ninguém, não pode enfrentar um exército de insectóides. Eles estão vindo das montanhas! De perto da torre do necromante!

— Obrigado. Era o que eu precisava saber.

O Prefeito vê para seu espanto o jovem montar em seu

cavalo desembainhar sua espada e falar:

– Povo de Algiers! Hoje os insectóides os ameaçam! Mas saibam que eu estou aqui! Gaspar de Gusmão! E vou impedir que esses monstros lhes façam mal! Pela vitória!

O prefeito vê o louco cavalgando para a montanha. "Pobre diabo, com certeza vai virar comida de insetos. Malditos insetos! Preciso tirar as pessoas da cidade!" Ele reinicia então seu trabalho de evacuação.

Gusmão está feliz, Cavalgando bravamente em direção ao perigo, ele conta como certa a vitória. É uma pena que o Bonifácio não esteja aqui com ele. Faz anos que esse velho amigo e, de certa forma, mentor o deixou para começar sua "aposentadoria". Gusmão até consegue entender os motivos do velho, mas espera nunca precisar se preocupar com isso. Velhice, a própria palavra lhe dá medo. Mas não hoje! Hoje ele tem um bando de insectóides para enfrentar e uma vila para salvar! Como é bom estar vivo num dia desses!

A subida é íngreme e o cavalo só consegue levá-lo até um certo ponto. Ele amarra o bom animal numa árvore próxima e começa a subida. Sua armadura de couro de Rur, ajustando-se ao corpo. No caminho, ele encontra um koltrano subindo a estrada junto a um garoto humano.

– Boa tarde senhores. Tomem cuidado. Essa rota estará em breve infestada de insectóides. Os senhores deveriam descer e se abrigar. – Fala Gusmão para a dupla, que o olha de maneira curiosa.

– Insectóides você disse? – Pergunta o Koltrano, seus olhos vermelhos e iluminados brilhando de maneira estranha.

– Silêncio! – Fala o estranho menino. – Você! – E ele aponta para Gusmão. – De onde estão vindo esses insetos?

– Segundo me disseram na cidade estão vindo do alto das montanhas, de perto da torre do necromante.

– Você nos prestou um grande serviço. – O rapaz se vira e é seguido pelo Koltrano que parece ser seu servo.

– Qual o seu nome garoto? – Pergunta Gusmão achando as atitudes do pequeno muito estranhas.

– Sou Malj... Melkith! – E dá uma gargalhada enquanto desce a montanha. O servo o acompanhando solícito, logo atrás.

Gusmão dá de ombros. Essa criança estranha vai ter de esperar. O povo da cidade é mais importante. E ele precisa encontrar logo a entrada da torre, ou o local por onde estejam saindo os insectóides. Gusmão acampa essa noite e espera que os insectóides também precisem dormir. Mas não há o que fazer agora. Ele decide não acender fogueira. Lembrando-se ainda das advertências do Bonifácio que sempre dizia: "É melhor ficar com frio à noite do que atrair uma das centopeias gigantes. Evite o fogo quando estiver em território de insectóides".

O dia amanhece com o sol sombrio parcialmente oculto pelo sol brilhante. Gusmão agradece a Helion, pelo novo dia e se prepara para a jornada. Em poucas horas ele se encontra na entrada de um desfiladeiro. Pode ver no alto uma grande rocha apoiada precariamente na borda de uma das paredes. O desfiladeiro é amplo e o ângulo de visão dele permite seguir o caminho que nesse ponto desce bastante até ao longe quando inicia nova subida em direção a uma torre que se encontra mais ao alto. O desfiladeiro está tomado por uma massa enorme que se retorce ao longe. Gusmão pode perceber para seu desalento que aqueles que reportaram a iminente invasão não exageraram. E que agora ele se vê na posição de ter de enfrentar um verdadeiro exército de milhares.

"Malditos insetos." – Pensa Gusmão enquanto senta no chão e raciocina como fará para vencer o impossível. Os sons do enxame de insetos gigantes, alguns armados com armas rudimentares além de sua prodigiosa força, aumenta progressivamente, e Gusmão já consegue divisar alguns do grupo avançado. Subitamente uma inspiração o toca e ele já sabe o que precisa fazer.

Levantando-se como um raio o jovem Gusmão corre. Quem o visse poderia pensar, não sem motivos, afinal um homem não vence um exército, que ele estaria correndo por sua vida. Mas esse hipotético observador ficaria aturdido ao vê-lo escalar a escarpa da parede do desfiladeiro. E se colocar por trás da enorme rocha apoiada precariamente na borda. Isso intrigaria esse possível observador, e quando ele entendesse o plano de Gusmão, sua simplicidade e brilhantismo o espantariam.

Com algum esforço e com a ajuda de um pequeno tronco caído próximo nosso jovem herói usa de toda a sua força e do poder da alavanca para, com dificuldade, imprimir movimento ao colossal monólito que, primeiro lentamente, e depois numa velocidade vertiginosa alcançada enquanto desce a encosta do desfiladeiro, vai esmagando o exército de insectóides. Destruindo o enxame terrível sob o peso de toneladas de rochas. Sim rochas, pois a carreira desabalada da pedra desloca outras pedras que se apresentavam em situação semelhante, evoluindo de um bólido para uma avalanche que esmaga tudo em seu caminho indo destruir todos os invasores num caminho glorioso. Gusmão então desce enquanto os poucos sobreviventes dos insectóides ainda estão atordoados com a terrível fúria inescapável que se acometeu sobre eles. Gusmão então começa o lento trabalho de lutar contra esses sobreviventes. Sua espada cortando o ar e os múltiplos membros que se colocassem no caminho. Alguns dos insectóides armados com lanças com pontas de pedra tentam se colocar na defensiva, mas seja pelo atordoamento da avalanche, seja pelo inusitado da cena de terem seu exército derrotado por apenas um homem, não são capazes de resistir à investida. Muitos tombam rapidamente. E muitos mais se juntam num ataque.

Aqui a perícia fenomenal de Gusmão o auxilia. Pois se sua sorte e habilidade foram cruciais para vencer o grosso das forças invasoras, sua habilidade e treinamento o salvaram de ser morto pelas dezenas que restaram. A tarde segue enquanto Gusmão dilacera seus atacantes, vem a noite e Gusmão dá graças a Helion por a luz de Ellan, o grande planeta azul nos céus de Damocles, servir para mostrar de onde vêm os ataques, que se seguem durante horas. Entretanto, exceto por um pequeno ferimento de raspão que foi absorvido por sua excelente armadura, ele se mostra incólume. Apenas cansado.

O Dia nasce e os últimos remanescentes do exército invasor estão mortos. Uns poucos ele pode ver fugindo de volta para seus lares subterrâneos. Com um suspiro de alívio Gusmão senta em cima de alguns corpos da, agora grande, pilha que ele gerou. Para descansar um pouco de uma noite de lutas ininterruptas. Quando ouve um ruído se aproximando do caminho.

Se preparando mentalmente para mais horas de batalha, ele ergue a espada mas evita se levantar, aproveitando o descanso temporário que obteve.

– Alto homens! – Fala o capitão de uma grande patrulha de soldados bragantinos que se aproxima incrédulo do jovem que percebendo não serem insetos, abaixa as armas e se encosta novamente para descansar.

– O que houve aqui? – Fala o perplexo capitão olhando assustado para Gusmão.

– Água.

– Como?!

– Um pouco de água por favor. – Responde nosso

herói.

Após beber, Gusmão responde:

– Tivemos um desentendimento aqui, eu e esses insectóides. Eles não entenderam meus argumentos, mas eu lhes expliquei o meu ponto de vista.

– Fomos chamados para combater uma invasão de insectóides! Onde estão eles?

– Ah, isso? Esses estão mais lá pra trás. Foi muito cansativo mas acho que dei conta de quase todos eles. – Responde Gusmão.

O Capitão olha estupefato para o desfiladeiro com milhares de corpos de insectóides destroçados suas armas e múltiplos membros espalhados por todos os lados. Depois olha assustado para o jovem. Seus subordinados vendo a mesma cena olhando entre incrédulos e admirados, veem quando o seu líder pergunta:

– Qual é o seu nome herói?

– Sou Gaspar de Gusmão.

– Isso é a coisa mais impressionante que eu já vi senhor Gusmão! E o senhor não tem nenhum ferimento! Como é possível? O senhor deve ter realmente uma casca dura!

Com essa última fala os soldados irrompem num grito de vivas alternando entre as palavras:

–Gusmão! Gusmão! Gusmão!

– Cascadura! Cascadura! Cascadura!

Gusmão não pode saber disso, mas sua lenda está apenas começando.

VINICIUS WATZL

Yersínia.

Após ter saído de Algiers ovacionado pela população Gusmão seguiu seu caminho. Muitas aventuras vivendo, sendo essa apenas mais uma. Conforme avançava, Gusmão se lembrava de seu, até agora, maior feito:

– Por Helion! Como são as coisas! Eu tive realmente muita sorte naquele desfiladeiro. E pensar que se eu não tivesse ido lá, a vila de Algiers provavelmente não existiria mais. Creio que os deuses me sorriram. Por Helion! Creio que Nyt também me guarda! Foi muita sorte mesmo.

Havia treze deuses cultuados pelos humanos em Damocles. Helion era o maior deles, o deus do sol brilhante. Considerado o deus responsável por movimentar o mundo e o fazer evoluir, o deus do movimento e da luz. Nyt a quem Gusmão aludira, era a deusa da noite, da morte e da sorte. Seus clérigos a invocavam antes de empreitadas e ela trazia sorte ou azar por suas próprias razões inescrutáveis.

– Eia! Aqui me parece ser um bom lugar para descansar. Onde foi que coloquei meu acendedor? Ainda bem que já saí do território dos insectóides. Acho que essa noite vai ser fria.

A noite caiu. Nos céus Ellan estava baixo. O grande planeta azul, irmão de Damocles tornava as noites claras, normalmente, mas em determinados períodos não se encontrava visível e a grande nuvem da noite aparecia como uma mancha no céu noturno pontilhado de estrelas que ficavam ocultas normalmente. Os ancestrais lhe davam o nome de Nebulosa de Mykrantz em homenagem a algum antepassado deles. Era então conhecida apenas pelo nome de grande nuvem da noite. Nessa noite, era essa nuvem e a franja evanescente de Ellan que ajudavam a iluminar a clareira que o crepitar da fogueira de Gusmão revelava. O Cascadura estava ressonando suavemente. Com suas armas ao alcance para um eventual ataque, mas a noite seguia serena, por algum tempo.

Na escuridão, um par de luzes vermelhas se aproximava. Elas chegaram até a orla da região iluminada pela fogueira. Observaram Gusmão deitado, seus instintos o fizeram agarrar a espada e se levantar olhando ao redor. Quando ele se levantou, o Koltrano que espreitava o nosso herói, fechou os olhos, eliminando assim o sinal revelador de sua posição. Mantendo-se completamente imóvel enquanto escutava nosso herói se deitar novamente e ficar quieto. Após alguns instantes de silêncio, o koltrano ousou abrir novamente os olhos e se viu diante do brilho vermelho da iluminação deles refletido em uma lâmina que estava a poucos centímetros de seu rosto.

– Olá, creio que não nos apresentamos. Sou Gaspar de Gusmão. O Cascadura de Bragança. Por que veio me espreitar?

– Perdoe-me senhor. Não o estava espreitando... – Falou, assustado, o Koltrano.

– Vamos lá rapaz, você não deve estar aqui sozinho. É, por acaso um escravagista?

– Meu nome é Kalt senhor. Não possuo escravos, sou, eu mesmo, escravo da senhora Wilhelmina Malagra. – Falou o Koltrano ainda tenso com a situação

– E por que me espreitava?

– Fui instruído a procurar um guerreiro. A senhora Wilhelmina precisa resolver um problema.

– Como me achou no meio da floresta?

– Eu vi o seu porte e poder. E ouvi as histórias sobre sua vitória em Algiers. Creio que seria uma boa escolha para minha senhora. Por isso o segui.

– E onde está essa sua senhora?

– Ela está na vila de Helix.

– Nunca fui a essa vila. Creio que o acompanharei então Kalt. Por que essa senhora precisa de guerreiros?

– Isso ela não me disse senhor.

– E como é essa sua senhora?

– Ela é humana senhor. – Continuou o Koltrano, um pouco mais relaxado.

– E o que ela faz da vida? – Perguntou Gusmão

curioso.

— Ela controla a vila de Helix

— Como assim controla? É a prefeita? — Falou, confuso, o nosso herói.

— Não conheço bem esses termos humanos, senhor. Ela é a líder da cidade.

— E você não sabe me dizer qual a natureza dos problemas que ela enfrenta? Por que precisa de guerreiros afinal?

— Não sei lhe dizer meu senhor. Apenas sei que ela quer guerreiros humanos.

— Então vamos. Estou curioso.

Gusmão seguiu então o koltrano montado num kalaktar, uma montaria koltrana. Os cavalos das terras humanas sentiam-se desconfortáveis próximos aos koltranos. Eles seguiram por uma estrada de terra, o Kalaktar de Kalt à frente e Gusmão com seu cavalo logo atrás. A estrada seguia por bosques hospitaleiros na direção do oeste levando nosso herói mais para próximo de Bragança a sua cidade natal. Helix a vila que Kalt mencionara ficava no caminho.

Chegando à cidade, após um dia de viagem cansativa, Gusmão pode ver que as coisas estão estranhas. Humanos e Koltranos discutiam entre si. Os ânimos pareciam exaltados. Conforme se aproximava para falar com os contendores Gusmão foi interrompido.

– Olá senhores, eu sou Gaspa...

– Por aqui senhor, não discuta com eles. Venha, vai haver confusão. – Interrompeu Kalt apressado.

– Espere eu preciso... – Falou Gusmão meio contrariado.

– Não há tempo senhor. Venha, venha. – urgiu, mais uma vez, o Koltrano.

Gusmão olhou contrariado para o Koltrano, mas o seguiu. Eles se afastaram da confusão e em breves momentos estavam dentro da vila. As pessoas discutiam ao longe. Dentro das casas. A confusão parecia ser generalizada. Kalt indicou a Gusmão uma pequena casa que parecia ser a mais bem cuidada das redondezas, e amarrou seu kalaktar e o cavalo de Gusmão dentro de um pequeno estábulo. Gusmão aguardou à porta e entrou quando Kalt a abriu. O interior estava escuro. Gusmão manteve a mão na espada para quaisquer contratempos. Uma mulher belíssima estava sentada meio esparramada numa cadeira luxuosa. Perto dela, um homem de aproximadamente 20 anos estava desacordado com um rosto de sofrimento.

– O que está acontecendo aqui? É essa a sua senhora? Ela está bem? Quem é esse homem?

– Ela também está sofrendo. Esse é o humano chefe que ela comanda.

– O prefeito?

– Talvez seja esse o nome dele.

Gusmão se dirigiu à mulher e, com cuidado, tomou de sua mão, falando suavemente:

– Minha senhora, acorde. Está bem?

– AAAAARRRGGHH! Minha cabeça! – respondeu num sobressalto a mulher

– Acalme-se eu estou aqui. – Respondeu o perplexo herói.

– Quem é você? Kalt! Onde você está?!

– Aqui minha senhora! Esse é o guerreiro que eu trouxe.

– Minha senhora, eu me chamo Gaspa... – iniciou o herói antes de ser novamente interrompido.

– Kalt! Eu mandei buscar um guerreiro! Não um moleque mimado! Sumam daqui! Não! Eu vou sair. Venha seu inútil! – levantou-se então a mulher saindo apressada, bufando e batendo os saltos dos sapatos no chão de madeira.

– Mas... – tentou novamente falar o nosso confuso herói. Sendo interrompido, ainda uma vez pelo Koltrano que apenas falou:

– Desculpe-me senhor...

– Gusmão ficou muito confuso. Não entendo o motivo dessa recepção estranha. E o porquê de as pessoas estarem todas tão exaltadas. Ele saiu pela porta deixando o home que ele pensava ser o prefeito a dormir. E seguiu, desamarrando seu cavalo, em direção à estalagem chamada: Koltrano de olhos azuis.

Gusmão entrou e encontrou um estranho clima no local. O taverneiro estava embevecido olhando os patronos beberem cerveja. Todos pareciam felizes com um rosto de ternura no ar. A cena era particularmente estranha. E Gusmão não sabia o que dizer dela.

– Com licença senhor taverneiro. Pode me explicar o que está acontecendo nessa cidade? As pessoas estão todas muito estranhas...

– Ah, bom dia senhor! Que dia bom para ser feliz! Por Heliom! Seja bem-vindo à nossa cidade! Como posso ajudá-lo? – Respondeu o homem numa voz de sonho, feliz e satisfeito.

– As pessoas estão todas muito estranhas aqui. Nos lugares onde se esperaria paz encontro brigas, e onde esperaria brigas encontro paz. O que acontece? Houve alguma coisa estranha recente? – Perguntou curioso, nosso herói.

– Não meu senhor. A taverna tem estado calma e tranquila desde que aquele jovem chegou.

– Que jovem?

– O senhor Nivruti Trilochan

– Que nome estranho... – redarguiu o Cascadura, incerto

– Ele vem de Upanishads. Lá eles todos têm esses nomes estranhos... – Respondeu o taverneiro num sorriso de dentes tortos.

– E onde está esse senhor?

– Perto das minas. Ele falou que buscava algo lá...

– Então eu vou lá. Quem sabe ele não me dá a resposta para essa confusão. Tem um mapa?

– Sim aqui está... AH! Que dia lindo! – Terminou por responder o embevecido taverneiro, entregando um mapa ao nosso herói que o dobrou e colocou no bolso da camisa.

Gusmão se afastou da taverna. Conforme, ia se aproximando da mina, foi sentindo uma grande sensação de medo. Como se sua mente estivesse sendo devassada. Um terror que ia aumentando. Seu cavalo estava se recusando a prosseguir.

– Eia! Eia! Calma! Eu também estou sentindo isso meu amigo. Creio que há perigo à frente. Vou te amarrar aqui meu amigo. Mas se a situação ficar perigosa de mais fuja! – Falou Gusmão ao inteligente animal.

Gusmão amarrou com um nó meio frouxo seu possante cavalo que permaneceu irrequieto, mas não fugiu. Ele desembainhou a sua espada e seguiu resoluto, mas sem conseguir afastar a sensação de perigo iminente. A mina estava visível próxima. Era uma mina velha, abandonada, há muitos séculos. Os ancestrais utilizavam de suas máquinas dos milagres para minerar o que chamavam de "terras raras" que continham materiais que usavam para seus milagres. As minas após se esgotarem ficaram vazias. Algumas pessoas iam lá esporadicamente buscando artefatos ancestrais perdidos. Mas o risco de se perderem era enorme e muitos não voltaram. Gusmão estava já à borda da mina. A sensação de medo não parecia ficar mais forte. Com uma pequena invocação a Helion ele criou a coragem de que necessitava para entrar na boca escura que parecia o querer devorar. Acendeu a sua lanterna ancestral que ganhou numa outra aventura, e, com a pura luz dos antigos iluminou o caminho adiante.

Gusmão desceu os degraus, e encontrou um sistema de linhas de metal no chão. Os antigos as chamavam de trilhos. Gusmão ouviu os sons da caverna, familiarizando-se com eles. Sua experiência de guerreiro o fazendo ficar mais forte e banir o medo de sua mente. À sua frente estavam três caminhos, um que subia, o da direita, que parecia ter um ar melhor, como se, do alto, correntes de ar das montanhas trouxessem uma renovação ao local. O da esquerda descia. Do fundo, vinha um cheiro de terra velha e uma sugestão de morte, num cheiro meio adocicado. O do meio seguia em frente. Com um ar neutro. Mas, mais importante, Gusmão pensou ouvir um som de voz ao fundo. Como se alguém estivesse conversando. Isso selou o caminho a seguir e Gusmão se colocou em movimento. A coragem aumentando ante a perspectiva do enfrentamento do problema. Logo, ouviu mais claramente a voz que falava por entre um curioso ruído distorcido entre estalos e chiados inusitados. Como o que às vezes se ouvia nos artefatos milagrosos de Bragança que permitiam a comunicação dentro da cidade entre pessoas, mesmo que estivessem em lugares diferentes. O milagre ancestral transmitindo a voz de um para o outro através da distância. A voz que respondia a essa outra distorcida, estava sem esses ruídos. Indicando que era pertencente a alguém que, de fato, se encontrava ali. Próximo a Gusmão.

– Mestre, eu não estou conseguindo encontrar. – Falou, assustado e preocupado, o homem que se encontrava alheio ainda, à presença de Gusmão no local.

– Você é um inútil! Vou destroçar a sua alma quando voltar! – Respondeu por entre os chiados a voz que parecia sair de um pequeno artefato de metal que o homem segurava nas mãos.

– Perdoe-me mestre. Eu fiz o que o senhor mandou! Dominei a cidade, e confundi as mentes de todos, mas ninguém tinha informação alguma sobre onde o crânio de Molker está.

– Eu soube pelos meus pares que ele morreu nessa mina! Quero o crânio dele. Mesmo depois de todos esses séculos ele deve ter ainda algum resíduo de força. E, se não tiver, eu sempre posso usar mais um espírito da caveira! Hahahahaha! Agora... Encontre-o! Ou será de você que virará, meu próximo espírito da caveira! – Respondeu a voz chiada.

– Sim mestre. – falou o homem num ar resignado.

Gusmão creu que já ter ouvido o que precisava: Avançando audaz aproximou-se do estranho homem que estava guardando um artefato ancestral de comunicação no bolso. O estranho tão atordoado que estava com a conversa não percebera a presença de Gusmão preocupado com o desdobrar dos fatos e as suas perspectivas de futuro. Fosse outro menos justo, aproveitar-se-ia dessa distração para despachar sem risco o bandido. Mas esse era o Cascadura! Gusmão ergueu a voz e falou:

– É você então quem está por traz dos problemas da cidade? Eu lhe dou uma chance de desfazer o mal que fez! Saia pacificamente e lhe dou minha palavra que não o ferirei.

O estranho homem que estacara frente às primeiras palavras de Gusmão voltou-se para o herói e seu rosto mostrava uma mistura de escárnio e raiva.

– Então um herói apareceu! Ora, ora... Que previsível! O mestre bem que me alertou dessa possibilidade. Mas isso não importa! Eu dominei uma cidade inteira! Você não é nada!

Gusmão sentiu então uma forte dor na sua cabeça e uma pressão em seus pensamentos, como se sua vontade estivesse sendo testada. Por sorte Gusmão, já se treinara contra investidas mentais com o Bonifácio há muitos anos. Mesmo ele não possuindo poderes mentais, sabia se proteger do assalto deles. E a investida do estranho servo, não surtiu efeito. Gusmão manteve-se erguido e avançou, espada em punho, contra o psiônico.

– Desista! Eu sei me proteger! É sua última chance!

– Não sei como resistiu ao meu poder mental maldito!

Mas tente resistir a isso!

Gusmão viu o homem sacar de uma antiga arma ancestral. Ele já as vira em poder dos guardas bragantinos, suas rajadas capazes de destruir tudo em seu caminho. O psiônico atirou, mas errou Gusmão desviou do raio num movimento de esquiva quase impossível, o raio atingindo uma pedra que explodiu. O próximo raio se seguiu em instantes, e, conforme Gusmão avançava, espada em punho, pode ver o cano começando a brilhar. Nesse momento uma gota de água vinda do teto caiu por sobre o olho do assassino, que, num reflexo, moveu a mão da arma para o rosto, fazendo com que o segundo tiro errasse também, acertando as paredes da caverna logo atrás. Gusmão que estava de costas não viu, mas o disparo revelou uma alcova semioculta. Nessa alcova havia um esqueleto antigo, com uma enorme espada fincada em seu peito. Aos pés dele, outro esqueleto estava caído. Os olhos do psiônico se distraíram com essa visão perdendo o foco do homem armado com espada que avançava rapidamente, quando ele recuperou seu foco, era tarde demais. A espada de Gusmão cortou a mão que empunhava a arma. Com a queda, há mais um disparo! Disparo esse que atingiu o teto da mina. As pedras do teto começaram a desabar. O psiônico gritou:

— Maldito! Estava ali! O teto! Vamos morrer!

— Eu vou salvá-lo! — Respondeu o herói.

Gusmão não teve tempo de fazer nada. Uma enorme pedra desceu do teto esmagando num som doentio a cabeça do homem que o atacava. A arma ancestral estava emitindo um som estranho. Gusmão já havia ouvido que elas, quando danificadas, podem explodir, e se lançou numa carreira desabalada para a saída da mina. Com muito esforço, e alguns poucos machucados, Gusmão conseguiu sair da mina. A sensação de medo abolida após a morte do psiônico. Gusmão voltou para a vila, encontrando seu cavalo pastando pacificamente no local onde o deixara.

– Vamos meu amigo, creio que precisamos informar às pessoas da cidade que o perigo acabou. – Falou Gusmão para o animal que relinchou feliz. – Eu sei. É uma pena que eu não tenha conseguido salvar aquele rapaz lá na mina. Eu queria saber quem seria esse mestre dele. Creio que irei a Dayton. Lá eles devem ter alguma resposta a isso. – Falou Gusmão ao animal enquanto montava e se dirigia para a vila.

Gusmão retornou à vila de Helix. Encontrando o povo em paz. A confusão mental rescindida com a morte do psiônico. Chegando à sede da prefeitura, ele encontra o koltrano que o procurara inicialmente.

– Senhor Gusmão! Minha senhora quer lhe ver. – falou ele ao herói.

– E eu a ela. – Respondeu este.

Gusmão viu que a mulher estava mais disposta. Ao seu lado uma menina muito jovem brincava com bonecas no chão.

– Senhor Gusmão! Kalt me informou quem é o senhor. Peço que me perdoe minhas atitudes antes. Eu não estava conseguindo pensar. Creio que, como a cidade inteira melhorou, o senhor deve ter conseguido resolver nosso problema. O tal de Nivruti está morto? – Perguntou ela, majestosa.

– Infelizmente. Eu pretendia interrogá-lo. – Respondeu o Cascadura.

– O que aconteceu lá? Onde o encontrou. – Perguntou ela mostrando curiosidade.

Gusmão narrou então à líder da vila os acontecimentos na caverna sendo observado pela pequena menina que parara de brincar e parecia prestar muita atenção ao que era dito, com um olhar compenetrado. Terminando a narrativa Gusmão se despediu da senhora Wilhelmina e se dirigiu para a porta. Antes de sair, a menina o parou e perguntou:

– É verdade que ele morreu? O homem mau?

– Sim pequenina. Você pode ficar tranquila. Não há mais por que se preocupar. Vocês estão a salvo.

– E tinha muito sangue quando ele morreu? – Perguntou a menina com os olhos arregalados.

– Não precisa se preocupar com isso! Vá brincar! E seja Feliz.

– Yersínia! Deixe nosso herói em paz! – Gritou a mãe da menina de dentro de casa.

– Já vou mamãe! – Respondeu ela.

Gusmão viu a menina entrando em casa e foi para a

taverna onde quase recebeu uma cadeirada na cabeça. Uma peleja! Parece que tudo voltou ao normal nessa cidade! Ele terá de se preparar para a viagem que fará a Dayton. Os psiônicos de lá certamente poderão ajudá-lo a entender o que houve nessa caverna. E, talvez, descobrir quem seria esse "mestre".

O Moita

O Cascadura de Bragança, Já estabelecido como um herói lendário, depois de ter recebido a gema da ordem terceira do Paço Real Bragantino por serviços prestados à coroa de Bragança. Ele, com esses títulos conseguiu, dentro do sistema de rodízio de moradias de Bragança, se estabelecer e morar no interior da cidade capital. Com a idade Gusmão tem estado cada vez menos ativo e pensa já em uma aposentadoria de suas aventuras. A campainha da porta, no entanto, vai adiar, novamente, essas vontades.

– Já vou, já vou. Olá, Como possa ajuda-lo senhor?...

– Sou o Tenente Caio, da Guarda Imperial Bragantina, o senhor é o senhor Gusmão?

– Sim sou eu, em que lhe posso ser útil? Entre por favor. – Falou o herói dando espaço para que o jovem militar entrasse.

–Obrigado senhor Gusmão. Venho para lhe pedir ajuda. – Falou o tenente sem titubear.

– Qual é o problema? Como posso ajudar?

– Como o senhor talvez saiba, existe uma rede de jogos

em Bragança. Uma rede ilegal. E a família está caçando um trapaceiro.

– A família? – Perguntou, confuso, Gusmão.

– Eles se chamam assim. É um grupo do crime organizado que se estabeleceu como uma unidade familiar. Um deles resolveu ganhar dinheiro "por fora" e está sendo caçado. Ele teve sorte até agora, mas pode morrer. Já ouviu falar d'O Moita?

– É uma figura lendária. Alguém que observa e chantageia os criminosos. Pelo que sei a polícia fala que recebeu dicas dele em recentes prisões, não é mesmo?

– Ele não é lendário. Ele existe e é nosso informante. Mas também é da família, e, por isso um bandido. Precisamos que o encontre e o prenda. – Afirmou, enfático, o tenente.

– Eu não sou policial. – Obstou Gusmão.

– Sim, mas como detentor da gema da ordem terceira do paço bragantino tem poderes de policial. E, portanto, pode prender quando julgar necessário. Precisamos da sua ajuda. O Moita é lendário. Ele nunca foi preso. E, pelo que sabemos deve ser psiônico. – Continuou sem se importar com a objeção de Gusmão.

– Outro psiônico... Há alguns anos enfrentei um deles perto de Helix, e foi difícil resistir aos seus poderes mentais. – Afirmou, suspirando, o herói.

– Sabemos disso. Mas Dayton se ofereceu para treiná-lo se o conseguir capturar. E achamos que ele pode ter informações que nos levem a prender o chefe da família. O patriarca. – Enfatizou o tenente.

– Entendo. Então eu o tenho de localizar e capturar, vivo.

– Sim senhor Gusmão. Assim o é. Se enviarmos um grande contingente de efetivo acabaremos por alertá-lo de nossas intenções. E ele pode desaparecer, ou acabar sendo morto pela família. Precisamos de sua discrição e perícia. – Completou o tenente Caio.

– Farei o que for possível. – Respondeu Gusmão, levantando-se.

– O governo de Bragança agradece. Até logo senhor. – Terminou o tenente, enquanto se levantava e saía pela porta que se abriu e fechou automaticamente.

– Gusmão assistiu a saída do tenente Caio de sua casa. Fazia muito tempo que não entrava numa aventura, e, apesar das dores que começara a sentir nas articulações, achou que ainda estava muito jovem para se aposentar. O desafio o animava. Com decisão levantou-se, procurou por sua velha espada, vestiu a sua nova armadura de couro de Rur, a velha já meio apertada; e sua capa. As botas, calçou comuns, pois não esperava enfrentar grandes desafios de escaladas ou grandes caminhadas. Bragança era uma cidade enorme, mas seus corredores possuíam o calçamento do metal Onymariano, o metal invencível das paredes, e não se desgastavam com os séculos de uso, permanecendo limpos e brilhantes há milhares de anos. Gusmão saiu às ruas e decidiu ir ao mercado. Se alguém poderia saber de alguma coisa da movimentação do submundo esse alguém era, o seu amigo, o João das Pratas.

Gusmão chegou ao mercado central no grande vão localizado próximo à entrada da cidade, dirigindo-se logo para a loja de seu bom amigo.

– Bem-vindo! Ora! É Você Gaspar?! O que o traz à minha loja? – Falou extremamente animado, o comerciante.

– Querido amigo, preciso lhe falar em particular. Você tem um minuto? – Respondeu o herói.

– Claro, claro! Vamos venha aqui vamos subir.

Gusmão explicou a João das pratas tudo aquilo que o tenente Caio lhe pedira, João ouviu atentamente e ponderou que deveria procurar um contato na família. Um homem chamado Armênio. Ele seria uma ligação confiável para se tentar encontrar o Moita. O problema é que esse homem vivia na cidade aos pés de Bragança. Longe dos corredores iluminados pelas luzes ancestrais e, certamente, cercado de proteções. Gusmão se preparou como pôde. E saiu naquele mesmo momento Após sair pelas portas que davam acesso à grande rampa que ligava a cidade principal a dos ancestrais, àquela de madeira no solo circundante, Gusmão percebeu que já era noite. Hoje era uma das noites de Plutônium. Plutônium era o deus do sol sombrio de Damocles. Em algumas noites do ano, pouco antes da alvorada, o sol sombrio surgia primeiro no horizonte, e seus raios de trevas escureciam e esfriavam o mundo. E própria luz das estrelas e de Ellan parecia desaparecer mergulhando o mundo em trevas, que traziam um grande frio. O aparecimento do Sol brilhante, o de Heliom, pouco depois era recebido com alívio por todos que sentiam as forças renovadas. Pois, se Plutônium escurecia o mundo, Helion o resgatava sem falta. Chegando à cidade baixa Gusmão percebeu que a maioria das pessoas se apressava para ir logo para casa. A noite de Plutônium era temida supersticiosamente por todos. Gusmão se aproximou de uma taverna próxima. Entrou pela porta e se dirigiu ao taverneiro.

– Com licença senhor. Estou procurando o senhor Armênio. Ele está por aqui? – Perguntou Gusmão ao homem atrás do balcão.

– Armênio? Por que o procura senhor Gusmão? – Respondeu, algo rispidamente, o taverneiro que não pareceu ter maiores dificuldades para reconhecer Gusmão, cuja fama já estava ficando muito grande.

– Preciso lhe pedir um favor. – Respondeu, sério, nosso herói.

– Entendo... Vou ver o que posso fazer. – Respondeu o taverneiro enquanto se afastava.

Gusmão sentou-se próximo ao balcão, pedindo uma cerveja ao ajudante. Enquanto esperava o taverneiro retornar. Seus instintos o fizeram perceber que estava sendo observado. Olhando a taverna calmamente percebeu que o observavam de dois lugares diferentes. De uma mesa ao fundo um grupo de homens de aspecto suspeito conversava por sussurros, enquanto do outro lado da taverna um homem baixo, provavelmente anão, com uma barba gigantesca, o observava por sobre uma enorme caneca de cerveja. O grupo sussurrante se dividiu. O anão fez sinal para que se aproximasse. Gusmão se levantou. Pode perceber que o anão estava vestido com uma armadura muito brilhante, que, se fosse branca, poderia jurar ser de metal Onymariano. Ao lado da caneca tinha um elmo belissimamente trabalhado, e um machado quase do seu tamanho apoiado na cadeira. Gusmão sentou-se próximo ao anão mantendo os olhos nos homens que circulavam devagar, tentando não levantar suspeitas. O anão falou:

– Não pude deixar de perceber que o senhor deve ser Gaspar de Gusmão. Estou certo? – Falou ele jovialmente numa voz, um pouco rouca que denotava uma grande idade.

– Sim. Esse sou eu. – respondeu Gusmão atencioso, mas sem tirar os olhos dos homens que andavam devagar, numa formação que certamente pretendia ser uma de cerco.

– Então é o famoso Cascadura de Bragança? – Continuou, falando alto, o anão.

– Sim, é um apelido bobo, mas chama a atenção. – Respondeu Gusmão.

– Devo supor que a história desse apelido seja verdade... – Falou, um tanto respeitoso, o dono da vultosa barba branca.

– Exageros. O exército não era tão grande assim. – Falou novamente Gusmão, num ar um tanto divertido.

– Hahahaha! Gostei de você meu jovem! –Bradou em alto e bom som o anão seguindo então num sussurro com a frase: – Você sabe que esses homens estão planejando o assassinar não é?

– Sim eu percebi. Eu os estou acompanhando. Qual é o seu nome? – Sussurrou Gusmão

– Chamo-me Lothar. Às suas ordens herói. Creio que o vou ajudar. – Sussurrou de volta Lothar, em seguida bradando novamente: – Creio senhor Gusmão que o senhor é modesto! Afinal não é sempre que encontramos o grande Cascadura! Destruidor de exércitos! Vou buscar uma cerveja! – Falou Lothar completando num sussurro novamente: "Fique pronto." Enquanto se levantava.

– Gusmão assentiu com a cabeça num movimento quase imperceptível. O anão se levantou e caminhou na direção do balcão. Os homens já o estavam cercando, eram três. O mais alto era negro com uma grande cicatriz que passava na frente do olho esquerdo que era cego. O mais baixo era branco, como Gusmão, com os cabelos esparsos caindo sobre um rosto prematuramente envelhecido. O do meio era moreno com feições de Upanishads, e um grande bigode que escondia dentes amarelos. Quando atacaram, Gusmão se ergueu como um raio, a faca do assassino alto passando ao lado de seu rosto, enquanto a espada do moreno era aparada pela sua, com habilidade. O terceiro foi surpreendido pelo machado do anão que voou em direção a ele após ter voado por alguma magia do chão para a mão de Lothar, e dessa mão para o braço do atacante que, com o golpe perdeu a espada, a mão, e boa parte do antebraço. O machado mágico após o corte iniciou rapidamente seu voo de volta à mão do anão. Gusmão num golpe de revide espetou o moreno com sua espada. Fazendo-o cair rapidamente ao chão. O alto negro sacava a espada quando Gusmão aparou o machado que voava para encerrar a vida desse bandido.

– Preciso de um deles, mestre anão! – Bradou o herói.

– Ora bolas rapaz! E a diversão?! Hahahaha! – Riu Lothar, animado.

– Gusmão avançou para o atordoado assassino que tentava bloquear as investidas do herói, mas teve sua espada espatifada pela perícia de Gusmão que falou:

– Renda-se homem. Você está em óbvia desvantagem. Vou poupá-lo se se render.

O assassino percebendo suas opções, baixou as armas e ergueu os braços rendendo-se.

– Por que me atacou? Quem é você. Perguntou, sério, o herói.

– Sou Matias. Poupe-me senhor. O senhor perguntou sobre o senhor Armênio. Temos ordens de averiguar todos que o procuram. – Falou o homem numa voz estranha, quase que infantil e que contrastava com o enorme porte desse atacante.

– Armênio?! Gusmão, você estava procurando pelo fuinha? – Interrompeu Lothar.

– Você conhece esse Armênio? – Falou Gusmão para Lothar, enquanto mantinha o homem sob seu olhar de aço.

– Já fiz negócios com ele. Eu posso leva-lo até ele. – Respondeu o guerreiro enquanto ajeitava o machado.

– Obrigado senhor Lothar. Agora, Taverneiro! Venha aqui. – Falou imperiosamente Gusmão.

– Si-sim senhor... – Respondeu o taverneiro, amedrontado e temeroso.

– Por que me atraiçoou? – Perguntou, severo, nosso herói.

– Se-senhor? Eu apenas informei aos cavalheiros que o senhor buscava por Armênio. – Respondeu o taverneiro que tremia da cabeça aos pés.

– Pois bem homem. Entenda isso. Eu vou conversar com esse senhor Armênio Fuinha. Se eu desconfiar que você ou esse estabelecimento estão ligados a atividades criminosas eu voltarei, o prenderei, e fecharei o local. – Falou Gusmão, furioso.

– Calma Cascadura. Ele é medroso, deve estar falando a verdade. Além disso faz uma cerveja razoável. E isso é raro hoje em dia. – Contemporizou Lothar.

– Muito bem. Cuide dos ferimentos deles. E quanto a você rapaz. – Falou Gusmão para o homem que estava preso em eu aperto Onymariano. –Se sair daqui me enfrentará de novo. E não irei mais conter meus golpes. Vamos sair Lothar.

O herói e o anão saem da taverna. Seguindo pelas ruas escuras juntos. Gusmão, após andarem um pouco fala:

– Obrigado pela ajuda lá atrás senhor Lothar.

– De nada rapaz, não é sempre que podemos lutar junto com uma lenda viva. Faz muitos anos que não me divirto assim. – respondeu, divertido o pequeno grande guerreiro.

– O seu machado é impressionante. Ele é mágico? – Perguntou, curioso, Gusmão.

– Herança de família! Hahaha! Mas me diga rapaz. O que quer com o fuinha?

– Me foi sugerido que conversasse com ele. Estou caçando o Moita.

Lothar solta um assovio e fala:

– Um trapaceiro de primeira esse rapaz.

– O senhor o conhece?

– Não nunca o vi. Mas sei que ele andou trapaceando a família. O fuinha em especial não gosta dele. – Completou Lothar

– E por que? – Indagou Gusmão, algo curioso.

– Ele nunca perde nos dados. E o fuinha tinha uns dados viciados. Ele acabou ganhando uma grande quantidade de sóis dourados dele. Essas moedas de ouro daqui têm esse nome. Não é? – Perguntou o anão mostrando uma pequena bolsa com diversas moedas.

– Sim. Esse é o nome delas. É por isso que ele está sendo caçado pela família? – Perguntou Gusmão.

– Creio que sim. Bem, chegamos! – Respondeu Lothar parando subitamente.

Lothar apontou uma casa que se encontrava logo adiante.

–– Vou-me indo por aqui senhor Gusmão. Não quero confusão com esse povo. É mau para os negócios. Creio que depois de hoje vou ter de me mudar por alguns anos.

– É uma pena senhor. Não queria ter-lhe causado problemas. – Respondeu o herói, algo preocupado.

– Bobagens jovem. Eu já estava mesmo de mudança. Creio que vou para Helix, faz muitos anos que não vou para lá. Quero ver se aquele menino o Harada cresceu. – Falou, tranquilo, Lothar.

– Quem? Estive em Helix há alguns anos e não conheci ninguém com esse nome.

– Era o ferreiro. Um talento em potencial. Nos vemos por aí senhor Gusmão. – Falou, por fim, Lothar despedindo-se com um aperto de mãos, que demonstrou ser o anão extremamente forte para o seu tamanho.

Gusmão viu o estranho anão se afastar. Não sabia se o veria novamente, mas gostou da companhia do anão, especialmente, e isso ele quase não admitia para si mesmo, o fato de ele o ter chamado de "Jovem". Gusmão se resignou, e bateu à porta da casa indicada. A porta se abriu e um criado falou:

– O senhor Armênio vai vê-lo senhor Gusmão, queira entrar.

Gusmão seguiu o criado com a arma a postos. A casa, apesar de ser uma casa de pedras comuns, e não de metal Onymariano como a cidade de Bragança, era bonita com um aspecto bem cuidado e, em poucos instantes, Gusmão se viu num pátio interno da casa. Esse pátio era iluminado por tochas. O criado indicou uma cadeira para Gusmão, saindo logo em seguida. Por uma porta lateral surgiu um homem velho trajando os trajes bragantinos típicos da classe mais alta, uma camisa leve de algodão branca, uma calça marrom, botas de couro de Rur, e uma capa vermelha. Ele olhou para Gusmão e falou, numa voz extremamente afetada:

– Então o senhor é o famoso Cascadura.

– Senhor Armênio eu presumo?

– Sim esse sou eu. Por que me procura?

– Fiquei sabendo, por boas fontes, que conseguiria com o senhor informações sobre o Moita.

– O Moita? O que quer com ele? – Perguntou curioso o homem enquanto afagava uma pequena fuinha que veio andando e pulou no colo do mesmo.

– A guarda quer capturá-lo.

– Entendo. Eu também o quero capturar. Sou um homem de negócios senhor Gusmão. Soube já o que fez hoje na taverna com meus homens. O senhor me está devendo. Então farei o seguinte. Se me trouxer o Moita, considero sua dívida paga. O que me diz? – Falou o Fuinha, enquanto afagava a fuinha num olhar de soslaio para Gusmão.

– Não vejo por que estaria em dívida senhor. Fui atacado e me defendi. Mas, já que gosta de negociar, façamos o seguinte. O senhor me dá a informação que preciso para localizar o Moita, e eu não acabo imediatamente com suas operações. É claro que a família terá de, eventualmente, responder por todos os seus crimes. Mas eu lhe darei uma trégua. De um mês. Antes de começar a desmontar a sua operação. Que tal? – Responde Gusmão numa confiança e presença ameaçadora embora impassível.

– É um homem corajoso. E o mais arrogante que já conheci. Por que não devo matá-lo agora? Pode me explicar? – Respondeu o Fuinha, irritado.

– Talvez não saiba, mas o nome Cascadura tem um motivo de o ser. E embora eu mesmo minimize frequentemente o fato, é verdade que já derrotei sozinho um exército. O senhor deve ter suas fontes. Pergunte por aí. Creio que já estou sendo muito justo. – Respondeu, firme, Gusmão.

– Entendo. – Respondeu Armênio num suspiro furioso.

– O Moita foi pela última vez visto no bairro nobre de Bragança. No cabaré. – E aqui ele falou a palavra com asco. – Creio que não temos mais o que conversar. – Terminou por fim de falar, levantando-se enquanto a fuinha saía de seu colo, pulando ao chão e correndo para uma portinhola,

Gusmão levantou-se saindo cuidadosamente da casa onde o Fuinha se encontrava. Andando pelo cascalho logo chegou à grande rampa. Seguiu para a entrada e, em breves momentos, chegou ao bairro nobre. As luzes ancestrais com seu brilho branco já estavam com a intensidade reduzida para as horas da noite que já ia seguindo. Doze eram essas horas e não tardaria a chegar a décima terceira. A hora de Nyt. Gusmão se aproximou de um lugar mais movimentado. Nesse lugar haviam as apresentações das dançarinas do cabaré. Uma instituição, por assim dizer, de Bragança. Gusmão entrou, tendo de deixar sua espada aos cuidados da casa. Sentou-se à mesa, recebendo uma cerveja, ele provou da bebida e perscrutou com seu olhar perspicaz o salão. Pôde ver todo tipo de pessoas. Os mais abastados de Bragança, os jovens, e os tolos vinham ao Cabaré, alguns para se divertir, outros para tentar a sorte. Alguns para o crime. Gusmão procurava pelo Moita. O criminoso que tinha irritado a família, e era o seu alvo. Ao longe, numa mesa mais animada ele pensou que encontrara o seu alvo. Nessa mesa um grupo de mulheres estva em volta de um rapaz que jogava os dados contra outro. Ele estava visivelmente excitado e o seu oponente visivelmente irritado. As meninas riam. Gusmão se levantou, aproximando-se da mesa e pôde ouvir, apesar do barulho do local, a conversa entre os dois:

– Droga Lucio! Ninguém pode ter tanta sorte! Quero dados novos! Você está roubando! – Falou, irritado e com uma voz de tolo, o homem que certamente estaria perdendo.

– Calma aí Leôncio. Eu não estou roubando nada. Os dados são os da casa. Vamos fazer o seguinte: Por que não jogamos com os seus dados? – Respondeu Lucio.

– Sim. Aí eu vou ter certeza de que você não me rouba. – Concordou Leôncio.

– Vamos Lá então! Vou fazer o seguinte. Você joga os dados! – Continuou Lucio, divertido.

– Melhor! – respondeu o tolo, um pouco mais satisfeito.

Gusmão observou o tal de Leôncio pegando uns dados de um bolso, eles eram, suspeitamente, muito parecidos com os dados da casa. Ele os jogou sendo a aposta válida para aquele que tirar o menor número nos dados. Dos três dados de seis faces, que Leôncio jogou, tirou, na primeira jogada, dez, na segunda, dezesseis, e na terceira, quatro. Para a aposta era selecionado o melhor resultado das três. Esse Lucio estava com problemas. Ele então falou:

– Puxa vida Leôncio! Que sorte! Acho que você vai me ganhar! Mas, vamos tornar o jogo mais interessante. Que tal? – Falou Lúcio divertido e aparentando uma obviamente falsa preocupação, coisa que Leôncio não percebera.

– Como assim? – Perguntou, desconfiado, o tolo.

– Que tal tudo ou nada? Se você ganhar, recupera tudo o que perdeu e mais o que eu ganhei aqui. Se eu ganhar ganho o que você ainda não perdeu. – As mulheres que acompanhavam a cena suspiraram admiradas pela coragem e ousadia do desafiante que olhava confiante para a mesa de jogo enquanto o tolo falou estupefato:

– O quê? Você não viu? Eu tirei quatro! Você só ganha se tirar três! Você vai roubar! – Asseverou ele peremptório.

–- Mas como? Você é quem vai jogar os dados. Como eu poderia roubar? – Perguntou o apostador num ar de deboche.

– Você é um louco então! Vou ganhar seu dinheiro todo! Hahahaha! – Continuou Leôncio convencido pela ganância.

Gusmão viu que Leôncio jogou os dados para Lucio da primeira vez. O resultado foi treze.

– Há! Você já perdeu! – Animou-se Leôncio enquanto sacudia as mãos para uma nova jogada de dados.

– Ainda tenho mais duas chances. Falou Lucio, divertido.

Gusmão viu Leôncio jogar os dados uma segunda vez. O resultado foi dezoito.

– Sua sorte acabou! Você vai perder! Hahaha! – Falou Leôncio enquanto executava uma ridícula dancinha da vitória. Coisa que fez as mulheres que acompanhavam a partida segurarem o riso.

– Vamos lá, jogue de novo... – Falou Lucio, subitamente muito sério.

Gusmão percebeu que o rapaz Lucio, parecia se concentrar franzindo a sobrancelha levemente. Após a jogada que pareceu durar mais tempo do que devia, fez-se um curioso silêncio que foi interrompido pelas exclamações de Leôncio que falava incrédulo:

– Não pode ser! Não pode ser!

Gusmão pôde ver o três nos dados. O rosto de Leôncio numa face convulsa de ódio e o sorriso de Lucio, com uma pequena gota de suor escorrendo do canto do rosto.

– Você roubou! Você Roubou! Desgraçado! Você roubou! – Gritava Leôncio, enquanto as mulheres começavam um coro que falava: "Lucio! Lucio! Lucio!"

– Você que jogou os dados amigo. Não eu. Agora é meu dinheiro. – Respondeu o alegre jogador.

– Desgraçado!

Gusmão viu Leôncio puxar uma pistola oculta que carregava, não uma pistola ancestral, mas uma das que os piratas costumam usar, carregada com balas de chumbo. Ele precisava agir. Avançando rapidamente Gusmão acertou com um soco o braço da arma, que desviou o tiro, acertando as paredes Onymarianas e gerando uma torrente de ricochetes seguidos de pequenos brilhos azuis por onde o projetil acertava a parede. Os gritos de confusão se seguiram e Gusmão viu Lucio "desaparecer". Com um rápido golpe de mão, o herói nocauteou o atacante. Os seguranças do local estavam chegando, e Gusmão não queria ter de perder tempo com eles. Um movimento ao fundo na confusão aguçou seus instintos heroicos e Gusmão intuiu por onde o Moita, pois esse Lucio deveria ser o seu alvo, seguira. Desvencilhando-se da confusão e dos seguranças que se aproximavam, Gusmão correu em direção a onde seus instintos o guiavam. Pois ele não conseguia precisar o Moita, algo parecia obscurecer a sua visão. Gusmão avançou, sentindo que se aproximava. Um beco. Ele não conseguia ver, mas sentia que o moita estava próximo.

Um pequeno deslocamento de ar fez Gusmão desviar o rosto tendo sido recebido com um golpe de raspão na ponta do nariz. Esse golpe o fez sangrar, mas, ao mesmo tempo, parecia fazer a ilusão do Moita desaparecer. À sua frente estava ele, armado com um bastão que girava habilmente. Gusmão estava desarmado. O Moita atacou novamente, mas Gusmão desviou do golpe. Avançando, um pouco mais, em direção ao atacante. Ele estava encurralado. Não tinha por onde fugir. Parecendo ter pressentido isso, Gusmão percebeu que ele tentou novamente se concentrar, e começou a ficar mais difícil de se ver. Nesse momento o punho de Gusmão acertou o estômago do Moita, o outro braço bloqueando um golpe desajeitado do bastão, que Gusmão segurou. O Moita vomitou em Gusmão com a força do golpe, mas Gusmão manteve o bastão seguro em seu aperto de aço. Gusmão sentiu uma tentativa de invasão em sua mente. O treinamento do Bonifácio mostrou-se, mais uma vez, extremamente útil e ele repeliu o ataque com facilidade. Sua mão acertou um murro bem dado no rosto do Moita que o nocauteou. A pressão mental desapareceu. E Gusmão encontrava-se sujo, mas vitorioso.

Gusmão mais uma vez foi vitorioso em sua empreitada. O Moita foi preso, e concordou em revelar os segredos da família, foi levado para Dayton, onde treinou por muitos anos e acabou por se tornar um herói.

Guilhermina

– Som! Som! Som? Droga, acho que o sistema de som quebrou. – Falou desolado Gusmão gritando logo em seguida. – Dona Maria! A senhora está aqui?

– Aqui senhor Gusmão. O senhor precisa de alguma coisa? – Respondeu a criada de Gusmão através do intercomunicador da casa.

– Perdoe-me Dona Maria, mas o som ambiente parou de funcionar novamente. A senhora mexeu nele?

– O senhor sabe que eu não mexo nas suas coisas dos milagres senhor Gusmão. – Respondeu a mulher, meio ressabiada.

– Tudo bem dona Maria. Algum recado? A caixa de mensagens também não anda muito boa ultimamente...

– O Tenente, quer dizer, capitão Caio mandou avisar que vai hoje à noite à apresentação no Cabaré. O senhor não devia ir a esses lugares senhor Gusmão... O senhor é uma figura respeitável... – Falou ela um tanto sem graça de abordar esse assunto.

– Bobagens Dona Maria. Lá é um lugar tranquilo. A senhora pode me trazer aqueles remédios que o doutor

Tadeu me indicou? Estou com um pouco de dores nas costas. – Respondeu Gusmão divertido.

– O senhor deveria orar para Atala. A deusa das curas nunca desampara os fiéis. – Falou Dona Maria, atenciosa.

– O doutor é bem intencionado. E, pelo que sei trabalha com os alquimistas de Tuliéres. – Falou Gusmão, ainda divertido, quando foi interrompido pelo som de uma enorme explosão do lado de for de sua casa.

– Espere! O que foi isso? – Falou de súbito o herói.

Gusmão se lançou correndo para a porta. Que, ao se abrir, revelou uma cena triste. No corredor, que levava até a sua casa, um grupo de pessoas encontrava-se acuado no chão. No centro desse corredor, uma grande onda de fogo estava contida numa esfera azul que emanava da parede Onymariana. Os sistemas de contenção de fogo da cidade ainda estavam, felizmente, atuantes. A esfera azul se manteve por alguns instantes, circunscrevendo um inferno de chamas, que em poucos instantes, sem oxigênio, começou a encolher. A esfera então foi se reduzindo de tamanho rapidamente, levando consigo o calor, e fazendo com que a energia da explosão fosse absorvida pelas paredes Onymarianas que brilhavam, mais limpas do que nunca.

O que houve aqui? – Perguntou Gusmão a um transeunte do local que estava atordoado com a explosão.

– Foi um daqueles fanáticos! – Respondeu o homem, assustado.

– Os olhos de Plutônium? – Inquiriu Gusmão.

– Creio que sim. Ele gritou, ele gritou...A-antes de se explodir: "Por Koltron!"

–Era um koltrano?

– Não pude ver senhor. Foi tudo muito rápido. Graças a Onymar! As paredes invencíveis nos salvaram.

Gusmão seguiu apressado para a sede da guarda imperial. A explosão tão próxima de sua casa o deixara preocupado. Alguns koltranos tinham sido vistos portando bombas em Bragança, protestando contra as condições de escravidão de seus pares. Os koltranos eram os inimigos antigos dos humanos, e eram, alguns, escravizados em terras humanas. Acontecendo o mesmo com os humanos nas terras koltranas. É claro que existiam em todos os lugares humanos e koltranos livres. Mas o descontentamento principal que acontecia em Bragança era pelo fato de o rei Pedro ter abolido a escravidão humana, mas não ter conseguido abolir a koltrana apesar de seus esforços.

Gusmão chegou à sede da guarda real. Uma vez lá, pôde ver um soldado cantando para uma mulher. Foi recebido por esse soldado. O soldado 496...

– Como era aquela história mesmo que seu tio saiu de casa pra viver com outra mulher? – Perguntou a mulher ao soldado.

– Não é bem assim não. – Respondeu o soldado.

– Qual o nome dele?

– Tio Fritz. Meu tio era Fritz o nome dele, irmão da mamãe. – Disse o soldado rememorando.

– Ah, eu lembro a mulher dele falou que homem não vale nada sem a mulher, não é?

– Ah, ele disse assim: "Não vale nada não é? Tu vai ver que eu vou te mostrar!" Foi e juntou a família toda à procura dele. E acharam ele. Não tava com nenhuma mulher não. Tava morando com uns amigos numa casa, num barracão lá... – Respondeu o soldado à mulher gerando umas risadinhas de ambos. Nesse momento Gusmão interrompeu a conversa e disse:

– Olá, com licença. O Capitão Caio me aguarda. Será que poderia avisar que eu cheguei?

– É nobre? – Perguntou o soldado.

– Sou Gaspar de Gusmão!

– É muito mais, peraí.

Gusmão viu o soldado entrando nos aposentos do capitão. Em poucos minutos ele apareceu.

– Bem-vindo Gusmão. Que bom que você veio. Vamos, entre. – Falou o capitão. Gusmão entrou, fechou a porta e falou:

– Por que me chamou aqui?

– Vou ser franco Gusmão, desde que você prendeu o

Moita há alguns anos atrás, a Família desapareceu. Nós pensamos que eles teriam desistido de suas atividades. Como se algo tivesse acontecido para que esses criminosos desaparecessem. Eu pensei que você, provavelmente teria algo à ver com isso. Mas você nunca me falou nada. O que acontece é que recentemente alguns necromantes vieram à Bragança. E, com eles, as atividades criminosas da família parecem ter voltado. – Respondeu Caio.

– Eu não entendo. Os necromantes não são legalizados e liberados pelo estado? Eles não prestam serviços que, de certa forma, diminuem a necessidade da escravidão? – Ponderou Gusmão.

– Sim. E é esse o problema. Eles são poderosos demais, são entranhados no sistema, e, com as políticas do Rei Pedro, da emancipação de todos os escravos humanos, acabaram por se tornarem meio essenciais. Você sabia que alguns nobres estão usando servos esqueletos cobertos com uma resina plástica? Eles se parecem, ao longe, com seres humanos normais, mas são, na verdade os servos mortos vivos dos necromantes que, com essa cobertura, passam despercebidos. – Explicou, com cuidado, o Capitão Caio.

– E qual é o problema disso? Pelo menos não temos de olhar para esqueletos animados fazendo os trabalhos da cidade.

– Sim. Mas eu estou lhe falando isso por um outro motivo. Os assassinatos. – Soltou de supetão o tenente.

– Que assassinatos? – Perguntou, surpreso, Gusmão.

– Eu pretendia encontrá-lo no cabaré hoje à noite, mas já que veio aqui vou lhe contar. Há três dias foi morto o senhor Miguel Navere. As testemunhas falaram que um homem estranho, que não falava nada, veio encontrá-lo no cabaré. E o espetou com uma espada antes que quaisquer pessoas pudessem fazer o que quer que fosse. Mesmo os seguranças de Navere. Esses o atacaram, mas, apesar de ter sido perfurado por espadas, e, até por armas de fogo, daquelas dos piratas, ele continuou andando e saiu. Matando outros que ficaram em seu caminho. Ah. Não havia sangue, exceto o de Navere. – Explicou Caio ao intrigado Gusmão que retorquiu:

– E você acha então que pode ter sido um desses esqueletos cobertos.

– É o que eu imagino. Mas não temos provas. – Frisou o Capitão da Guarda real Bragantina.

– E o que quer que eu faça? – Perguntou Gusmão, dando de ombros.

– Hoje à noite vai haver a apresentação de Guilhermina, a nova dançarina no cabaré. O irmão de Miguel, Thiago, vai estar lá. Tememos que possa ser atacado também. – Explicou Caio

– Quer que eu fique de guarda-costas dele? – Perguntou Gusmão em dúvida.

– Claro que não! Isso seria um desperdício de recursos preciosos. Queremos que converse com o irmão dele. E tente descobrir se ele tem algum inimigo entre os necromantes. – Completou o Capitão.

– Você havia falado em assassinatos... – Lembrou-se Gusmão.

– Sim. Navere não foi o primeiro. Encontramos outros nobres assassinados, mas ele foi o primeiro dos recentes crimes cujo assassino foi visto. – Falou, pensativo o capitão Caio.

– Entendo. Vou ver o que posso fazer. Mas preciso aproveitar da oportunidade para avisá-lo. Creio que voltaremos a ter problemas com os olhos de Plutônium. Hoje antes de vir para cá, houve uma explosão que foi contida pelas paredes Onymarianas, e, felizmente, só feriu o atacante. – Completou Gusmão.

– Os koltranos são estranhos. Aqui lhes entregamos todos os tipos de liberdades. E o Rei é totalmente justo com eles. Mas, ainda assim eles se acham superiores a nós e querem a nossa destruição. – Afirmou Caio.

– Sim. E, é uma pena que isso aconteça. Não fossem esses ataques, creio que o rei teria conseguido a libertação dos escravos koltranos também. Vou indo então Capitão. Vou ver se consigo resolver isso.

Gusmão saiu da sala da guarda, despedindo-se do soldado que contava mais uma de suas histórias para a moça que o acompanhava. Enquanto andava pelos corredores de Bragança, nosso herói foi tentando traçar um plano de ação. Quando afugentara o Fuinha há tantos anos, ele sabia que algum outro grupo tomaria o lugar da Família. Claro que não fora fácil afugentar a todos. O próprio Fuinha saíra naquele mesmo dia e nunca mais fora visto em Bragança. Mas o desmantelamento da organização criminosa tomou um tempo considerável de Gusmão e do, então, tenente Caio. Foram anos de trabalho, trabalho árduo. E tudo isso pode ter sido posto a perder. Gusmão ainda não sabia, mas o mal está sempre presente, e, se manifesta das mais diversas formas. Agora fazia-se necessário se preparar. Rapidamente nosso herói se dirigiu-se para sua casa. A missão dessa noite no Cabaré seria diferente das habituais. Tudo indicava que ele teria de se valer de sua astúcia ao invés de sua perícia de batalha. Dentre as coisas que separou para levar, Gusmão trouxe sua espada, pois ele, como portador da gema da ordem terceira do Paço Real Bragantino, tinha o direito de portar armas onde quer que fosse, mesmo no interior da cidade e prédios do governo, à exceção da presença do próprio rei. Trouxe também sua lanterna ancestral. Não sabia se precisaria sair da cidade. Levava sua armadura leve de couro, não a de Rur, de melhor qualidade, mas a de couro batido, que ficava bem por sob a roupa. A roupa ele vestiu seu antigo traje de festas, que consistia numa camisa folgada de mangas fofas e espalhafatosas. As calças eram apertadas, mas, Gusmão as mandara preparar anos antes, com um tecido chamado "sintético" Palavra dos antigos, que, embora não fosse como as vestes ancestrais com sua proteção quase impenetrável, apresentava flexibilidade e alguma resistência a danos. Não era exatamente uma armadura, mas teria de servir. Nos bolsos da calça guardou alguns sóis dourados, pois sabia que as coisas no cabaré eram caras, e num bolso oculto da camisa, quase que numa escolha ao acaso, colocou, além da luz ancestral, uma poção de cura de Atala. Pronto para a noite resolveu aproveitar o resto da tarde para dormir um pouco. Afinal, uma longa noite o esperava.

Gusmão Foi acordado horas depois por um ruído irritante. O de seu despertador dos ancestrais.

– Droga, espero não ter perdido a hora.

Gusmão se levantou, já vestido e aprumado, dirigindo-se ao cabaré. Conforme seguia pelos corredores da grandiosa cidade foi pensando em que estratégia seguir para melhor abordar o assunto com Navere. O capitão falara de assassinatos. Seria bom se ele soubesse de antemão mais sobre isso. Mas, infelizmente, não havia tempo de buscar mais informações. Ele teria de se virar com o que já conseguira.

Chegando ao cabaré, Gusmão se deparou com um humano extremamente forte que falava aos frequentadores que entravam:

– Deixem suas armas aqui. Não é permitida a entrada com armas no cabaré.

–Com licença. Sou Gaspar de Gusmão, e pretendo...

Gusmão foi interrompido pelo brutamontes que falou:

– Claro senhor Gusmão! Seja bem-vindo! Não precisa se preocupar com nada. Sabemos do senhor. Venha. Entre.

– Obrigado.

Gusmão entrou no Cabaré e pôde ver ao redor diversas pessoas. Bragantinos, Imperiais, Koltranos, todo tipo de gente se divertindo às mesas de jogo, dançando, assistindo às janelas ancestrais que mostravam antiquíssimas produções de danças da era dos milagres. Havia um misto de emoções no local. Algumas boas, como quando um casal namorava num canto, outras nem tanto, como quando um cliente se exasperava por ter perdido uma rodada na mesa de jogo. Gusmão retirou, do bolso de sua camisa, uma reprodução do rosto de Tiago Navere, que lhe fora fornecida pelo Capitão mais cedo. Ele pôde ver que, sentado mais ao fundo, ladeado por dois humanos e um Koltrano, encontrava-se esse tal de Thiago Navere. Gusmão dirigiu-se diretamente para ele.

– Senhor Navere, eu presumo. – Falou o herói.

– Sim, sou eu. A que devo a honra Cascadura? – Respondeu o homem endereçando a Gusmão, além de seu apelido, um sorriso.

– Soube por minhas fontes que o seu irmão foi assassinado. Gostaria de ajudá-lo a prender o assassino.

– O senhor é muito direto senhor Gusmão. Por que se interessou por isso? – Perguntou, surpreso Tiago Navere.

– O seu irmão fazia parte de certo grupo criminoso. Preciso saber se ele tinha rivais. Preciso saber as circunstâncias de sua morte, e preciso saber se houve ameaças antes do assassinato.

– Não estou a par de quaisquer ligações criminosas de meu irmão. Somos uma família pacífica de negociantes. – Falou Navere. Rápida e sucintamente.

– Entendo. E o que negociam exatamente senhor Navere? – Perguntou Gusmão desconfiado.

– Providenciamos bens de difícil aquisição. Itens koltranos raros, espécimes de animais exóticos. Dentre outras coisas. – Disse, como quem explica algo óbvio, Navere a Gusmão.

– E por que os necromantes iriam querer matar o seu irmão? – Falou, incisivo, Gusmão.

– Necromantes? Quem falou em necromantes? – Perguntou Navere, com uma voz entre confusa e preocupada.

– Entendo. Como o seu irmão morreu? – Insistiu, incisivo, Gusmão.

– Creio que é de conhecimento público. Ah! Veja. O show já vai começar. – Falou Tiago Navere, evasivo, mostrando com as mãos o espetáculo que se iniciava.

Gusmão se virou para o palco, mantendo Navere na sua visão periférica. A cortina se abriu e Gusmão pôde ver uma mulher belíssima descendo uma escada. A luz do salão escureceu e um foco iluminou a dançarina que executando uma dança sensual começa a apresentação.

A música era bela num ritmo lento e que remetia a tempos idos, no caso de Gusmão, de uma juventude, já se afastando. Ela rodopiava e se movia lânguida, como um sonho, arrancando assovios e palmas da plateia que assistia excitada. Com mais alguns passos e palmas efusivas de todos ela se aproximava como uma gata sensual do Herói que estava hipnotizado.

A música terminou com a dançarina sentada no colo de Gusmão, que perdera completamente a fleuma habitual.

– Senhor Gusmão. Creio que nunca viu uma apresentação de nossa mais nova revelação. Essa é Guilhermina. – Falou Navere, entretido com o ar aparvalhado de Gusmão.

– É um prazer senhor Gusmão. Já ouvi muito de seus feitos. Jamais imaginei que um dia estaria aqui. Sentada no colo de um herói.

– É um prazer senhorita. A sua apresentação foi de tirar o fôlego. – Falou Gusmão após limpar a garganta num pigarro.

– Além de um herói, é um cavalheiro! Que gentil. Não vai me arranjar uma cadeira à mesa senhor Gusmão? Ou estou bem onde estou? – Perguntou a dançarina aproximando o rosto dos olhos de Gusmão que, atrapalhado, respondeu:

Gusmão

– Pe-perdão, é claro que vou. Por favor. Sente-se aqui. – Falou Gusmão puxando uma cadeira.

– Thiago, esse nosso herói é uma gracinha. Você não me avisou que ele viria aqui. Senão eu teria me arrumado melhor. – Disse Guilhermina, enquanto se ajeitava na cadeira.

– Eu não sabia que o senhor Gusmão viria aqui Guilhermina. Creio que veio discutir assuntos meio tristes. Sobre a morte de meu irmão. – Respondeu Navere.

– Pobre Miguel. Aquele Moldraz é uma pessoa muito estranha Thiago. Não confio nesses necromantes. – Falou Guilhermina.

– Então foi um necromante? – Aprumou-se Gusmão retomando a agudeza mental.

– Guilhermina, creio que o senhor Gusmão está cansado, minha querida. Por que não vai nos buscar uma bebida? – Falou, apressado, e com ar de irritação, Tiago Navere, para a dançarina.

– Como assim Thiago?! Ora! Eu não sou sua garçonete. – Retorquiu Guilhermina exaltada.

– Guilhermina. Vá. Agora. – Ordenou Navere.

– Ora bolas herói! Vai deixar que esse bufão fale assim com uma dama? – Bufou Guilhermina, falando com Gusmão.

– Realmente senhor Navere. Não creio que seja essa uma maneira de se tratar uma dama. Peço que refreie seus instintos. – Falou Gusmão, irritado.

– Como quiser senhor Gusmão. – Respondeu Navere irritado. – Vou me retirar então. Creio que não temos mais nada a falar. E, Guilhermina, você sabe o que acontece com almiraks que abrem muito a boca não sabe? – Falou ele fulminando a dançarina com o olhar. –Vejo que sabe. Com a sua licença senhores.

Gusmão pôde ver que a cor sumiu do rosto da dançarina com as palavras de Thiago Navere. E ela se colocou numa posição meio defensiva. O "negociante" se afastou seguido de seus guarda-costas deixando o herói e a dançarina sozinhos. Após alguns momentos Gusmão perguntou a Guilhermina.

– Você está bem?

– Creio que sim. Preciso de uma bebida. Você quer? Eu posso te trazer uma. – Respondeu ela, assustada.

– Aquilo que ele falou foi uma ameaça? Saiba que eu posso protege-la. – Perguntou Gusmão.

– Ameaça? Não? Não. Não! Ele não me ameaçou! Hahaha. Não se preocupe. Podemos? Digo. Você poderia? – Falou ela, tentando esconder o medo, e atropelando as palavras.

– O que precisa? – Perguntou Gusmão.

– Poderia me levar em casa?

A pergunta pegou Gusmão de surpresa. Mas rapidamente ele se prontificou a acompanhá-la. Ambos seguiram pelos corredores iluminados da bela cidade. O vai e vem das pessoas os distraía um pouco. Gusmão não pôde deixar de perceber que a jovem agarrava o seu braço fortemente. Como se estivesse buscando segurança. Esse Thiago Navere era alguém muito estranho. O Capitão Caio estava certo de o levar a investigá-lo. Ao chegarem à casa da dançarina, que se encontrava num dos corredores bragantinos, ela parou à porta colocando o rosto para uma identificação feita pelos milagres dos ancestrais. Uma pequena luz vermelha iluminou o seu rosto fazendo com que a porta se abrisse.

– Creio que estou segura aqui, na minha casa. Eu, tenho uma porta Onymariana. Acho que ninguém conseguiria entrar por ela não é?

– As portas dos ancestrais são milagrosas. Acho que ninguém conseguiria forçar a entrada.

– É que.... Eu acho que eu me sentiria mais segura se você dormisse aqui essa noite... – Falou sensualmente a dançarina.

– Tem certeza senhorita? Isso não lhe seria embaraçoso? – Respondeu Gusmão um pouco embaraçado.

– Não ligo para o que as pessoas falam. Ainda mais se pensarem que estou dormindo com uma lenda viva... – Continuou ela, animada.

– Eu não me aproveitaria da sua reputação senhorita. Não quero lhe causar constrangimentos... – Continuou, respeitoso, o herói.

– Não é exatamente por isso que eu quero que durma aqui, mas deixe-me me aproveitar da sua... – Respondeu ela finalmente.

Gusmão passou a noite na casa da Dançarina.

No dia seguinte Ele acordou, vestiu a sua armadura, deixando a jovem dormindo satisfeita, vestida com os lençóis da excelente cama. Com cuidado para não a acordar dirigiu-se à porta milagrosa que, reconhecendo o comando para abrir vindo de dentro, abriu-se, deixando-o passar para a rua. Antes de se afastar Gusmão certificou-se de que a porta estava bem fechada. E repassou mentalmente o que já sabia. A próxima parada deveria ser a guilda dos necromantes.

Não havia espaço dentro da cidade de Bragança para uma guilda dos necromantes, pelo menos eles dizem que a atmosfera do lugar não era condutiva à magia que executavam. Então, Gusmão precisava sair de Bragança. Descendo a rampa de cascalho ele se dirigiu à cidade aos pés da capital. Aqui em casas de pedra, longe dos corredores milagrosos sempre iluminados a população em expansão da cidade aguardava a sua vez de aproveitar as maravilhas ancestrais. As famílias rotacionavam a sua permanência na joia do Norte, a cidade de Bragança, alternando a vida numa cidade miraculosa e uma vida numa cidade opulenta, mas mundana. Gusmão sabia os caminhos que precisava percorrer. As ruas essa manhã estavam repletas de pessoas que acordaram cedo para iniciar suas atividades do dia. Animais circulavam puxando carroças. Mercadores montavam apressados suas barracas para iniciar a venda de seus mais diversos artigos. Gusmão continuava. Afastando-se do burburinho comercial, indo em direção aos bairros de pior reputação, onde os elementos criminosos faziam suas atividades. Aqui, numa mansão antiga a guilda dos necromantes fizera a sua sede. E foi nesse local que Gusmão parou observando as cercanias. As portas estavam fechadas. Um esqueleto animado estava na parte de dentro movendo a terra do jardim com uma enxada. Mais ao fundo Gusmão pôde ver outros mortos vivos fazendo diversos trabalhos. Alguém se aproximou. Gusmão colocou a mão em prontidão para sacar da espada caso se fizesse necessário. O recém-chegado hesitou ao ver Gusmão próximo ao portão. Mas avançou confiante.

–Posso ajuda-lo senhor? O que deseja da guilda dos necromantes? – Perguntou o acólito.

– Gostaria de fazer uma pesquisa.

– Como? – Respondeu o necromante, confuso.

– Quero falar com um de seus chefes. – Continuou Gusmão.

– E quem eu anuncio?

– Sou Gaspar de Gusmão.

– O Cascadura? – Perguntou, espantado o acólito, olhando Gusmão de cima a baixo.

– Ele mesmo.

– Certo.... Vou ver o que posso fazer pelo senhor. Pode aguardar aqui?

– Claro.

Gusmão viu o acólito dos necromantes andando

apressado, falando algo rapidamente ao esqueleto que trabalhava no jardim, que, após o sussurro parou de trabalhar e voltou as órbitas vazias e iluminadas por um tom azul da magia dos mortos para Gusmão que sabia reconhecer uma posição de prontidão de ataque quando a via.

Em alguns minutos o acólito voltou apressado e resfolegando falou:

– Desculpe-me senhor Gusmão, mas o mestre não pode receber visitas hoje. Temo que o senhor terá de voltar em um outro dia.

– Estou em negócios oficiais e temo que terei de falar com o seu chefe. – Insistiu Gusmão.

– Isso não será possível. O nosso senhor, Moktar, está ocupado e não pode recebe-lo. – Foi a resposta do necromante. Algo ríspida.

– Creio que terei de insistir. – Faliu Gusmão de forma imperiosa.

– Nós realmente não temos o que falar com o senhor, se o senhor tiver um documento oficial iremos cooperar com as autoridades, caso não tenha, vou ter de insistir para que se retire imediata... Lorde Melkith! Que surpresa o ver por aqui! Não fomos informados da sua chegada! – Disse o acólito dirigindo-se, subserviente a alguém que chegara despercebido, por trás de Gusmão.

Gusmão se virou e encarou um homem que aparentava já ter meia idade. O olhar desse homem era um olhar louco, o rosto num ricto de algum prazer doentio. Ele olhou para o necromante como quem olharia para um inseto prestes a ser esmagado. Relanceou o olhar para Gusmão e mudou a expressão para uma de dúvida ou curiosidade. Subitamente a expressão passou a ser uma de reconhecimento.

– Eu conheço você! Você me prestou um grande serviço!

A fala do homem ativou a memória de Gusmão.

– Você era uma criança, estava subindo a ladeira com o koltrano na invasão dos insectóides.

– Tem uma boa memória homem. Vamos, o que veio fazer aqui? Não creio que queira se tornar um necromante?! – Respondeu o estranho homem soltando uma gargalhada maligna.

– Não. Na verdade não. Vim fazer umas perguntas ao chefe da guilda dos necromantes. Mas não estão me deixando entrar. – Disse Gusmão.

– Bobagens! Venha! Vamos entrar comigo! – Falou ele abrindo o portão sem esforço.

Gusmão seguiu o recém-chegado sob o olhar atônito do acólito que lhe barrava a passagem. Quando passaram pelo portão. O esqueleto que portava a enxada, avançou com a arma em punho, em direção a ambos. O tal de Melkith, que avançava confiante, tomou consciência do atacante, e, enquanto Gusmão se preparava para sacar a arma, ergueu sua mão e num estalar de dedos uma coluna de pedras se ergue por sob o esqueleto que voou pelos céus a uma altura prodigiosa vindo a cair, quase em pedaços, aos pés de Melkith que esmagou o crânio ainda animado com a bota, enquanto comentava distraído:

– Sim, sim. É verdade. Foi realmente você. Eu me lembro. Um exército! Há! Você certamente é um herói! Faz muito tempo que não encontro um de vocês. Vive agora aqui nessa cidade louca? – Falou Melkith excitado.

– Sim... Moro em Bragança. – Respondeu Gusmão ressabiado.

– E o que quer saber desse tolo do Moktar? – Falou ele com desdém.

– Estou em uma investigação sobre assassinatos.

– Assassinatos? De quem? – Perguntou ele curioso.

– De várias pessoas, dentre elas o irmão de Thiago Navere. – Respondeu Gusmão.

– E quem é esse inútil? – Perguntou, meio irritado, o homem que esmagara o esqueleto.

– Parece ser um influente comerciante local.

– Por que perde seu tempo com essas bobagens?! Você não e um herói? Não deveria estar caçando monstros?! – Respondeu Melkith, terminando numa risada louca.

– Estou ficando velho, e não sou mais tão forte como era antes... – respondeu Gusmão surpreendendo-se com a sua própria sinceridade frente a pergunta indiscreta do desconhecido.

– Eu sempre me esqueço disso. Vocês perdem a vitalidade muito rápido! O que acha da imortalidade? – Perguntou ele de supetão

– Até onde sei é impossível... – Respondeu Gusmão sem entender o rumo da conversa. Sendo recebido com uma gargalhada longa de Melkith que, após essa tirada completou:

– Você não podia estar mais enganado herói! – Continuou ele, gargalhando um pouco mais, antes de completar:

– Veja só! Chegamos!

Melkith chutou as portas duplas de uma ampla sala. Atrás de uma mesa estava um homem de aspecto doente com a pele meio cinzenta, os olhos estavam ocultos por um capuz que cobria quase todo o rosto. Ele ergueu esse rosto, e Gusmão julgou ter tido um vislumbre de olhos estranhos que desapareceram nas sombras do capuz.

– Maljevru! O que está fazendo aqui? Como veio para... – A fala do necromante, foi impedida por um movimento impossível de Maljevru, ou Melkith que, num instante, estava ao lado de Gusmão, e, no seguinte estava erguendo Moktar pela garganta. Sufocando-o.

– Moktar, seu imbecil! Não use meu nome! Eu sou Melkith! E você herói... Não veja isso! Não se lembre disso! – Falou ele voltando-sus olhos para Gusmão que após ter visto Melkith, ou Maljevru, se mover a uma velocidade impossível, sentiu uma terrível pressão mental que rompeu com uma facilidade impossível todas as defesas mentais que ele estudara com o Bonifácio.

Logo depois... Logo depois... Logo depois Gusmão estava sentado numa cadeira, à sua frente estava Moktar. O líder da guilda dos necromantes. Ao seu lado estava um homem que ele não conhecia, mas pensava conhecer.

– Muito bem senhor Gusmão, vou responder a todas as suas perguntas. – Falou Moktar numa voz engasgada, e esfregando a garganta com as mãos.

– Como cheguei aqui? – Perguntou o herói.

– Você desmaiou na porta quando lhe disseram que não poderia entrar. Acho que precisa ver isso homem. Na sua idade pode ser perigoso. Eu o trouxe para dentro e lhe demos uma poção de cura. Moktar ficou extremamente arrependido de seu erro e como penitência vai lhe informar verdadeiramente tudo o que lhe perguntar. Eu garantirei isso. – Respondeu o outro, ao lado de Moktar, numa gargalhada infernal.

Gusmão sentia-se meio confuso como se algo lhe escapasse, mas decidiu aproveitar a ocasião para fazer as perguntas que precisava fazer sem rodeios.

– O senhor sabe dos assassinatos que estão sendo cometidos. – Perguntou ele.

– Sim – Respondeu Moktar

– Tem algo a ver com eles? – Continuou Gusmão.

– Sim e não. – Respondeu, sério o líder da guilda.

– Explique-se – Ordenou Gusmão ao necromante, que pareceu querer saltar em direção a Gusmão, mas foi contido pelo outro que estava ao seu lado.

– Eu forneci os meios, mas não sou responsável pelas mortes.

– Não entendo. – Admitiu Gusmão

– Thiago Navere queria acabar com seus competidores. Ele quer reestabelecer a família em Bragança sendo ele agora o patriarca. Por isso me procurou e comprou alguns esqueletos animados. Ele os recobriu com uma resina plástica para os fazer parecer pessoas normais. E os usou para se livrar de seus rivais. – Explicou Moktar

– E você sabia que isso aconteceria? Que eles seriam usados para assassinatos? – Perguntou Gusmão, surpreso.

– Sim. – Respondeu Moktar, impassível, sendo interrompido pela gargalhada do outro ao seu lado que disse:

– Parece que o herói pegou você Moktar!

– Não vejo por que. Se eu vender uma arma sei que ela será usada para matar. Mas não sou eu quem mata. – Respondeu ele, furioso. Gusmão interveio falando:

– Isso é moralmente dúbio.

Isso arrancou uma gargalhada de Moktar que falou:

– Herói. Preste atenção onde está. Você acha que nós ligamos para moralidade? Não fiz nada ilegal. Apenas vendi uma arma. Não há nada que você possa fazer.

– Veremos! – Levantou-se, subitamente, Gusmão, arrastando a cadeira para trás.

– Já vai sair? – Perguntou o homem ao lado de Moktar.

– Sim, a menos que pensem em tentar me impedir. – Respondeu, sério, nosso herói movendo a mão para a empunhadura de sua espada. O que fez com que o homem que o interpelara soltasse mais uma das gargalhadas loucas e completasse com a frase:

– Eu estou tentado a deixar isso acontecer para ver o quanto o velho Moktar mantem de sua força... Mas NÃO. Não vou deixar isso acontecer. Moktar não vai fazer nada contra você enquanto eu estiver na cidade. Mas saiba herói que eu vou embora hoje à noite. Já vou ter até lá todos os ingredientes alquímicos para minhas experiências. Se eu fosse tão fraco como você eu fugiria. Você pode ver que esse rostinho lindo aqui quer comer o seu coração. – Terminou ele em mais uma gargalhada.

Gusmão viu que o homem estranho apertava as bochechas do chefe da guilda dos necromantes como um pai aperta as bochechas do filho. E o ricto de ódio que isso gerava em Moktar, que permanecia quieto. Dominado. Gusmão sentiu uma aura de terror se apossar de seu corpo. Como que emanando do chefe da guilda dos necromantes. Enquanto ele lhe perguntou:

– Precisa saber de mais alguma coisa? – Sendo

interrompido pelo outro que, gargalhando, falou:

– Isso mesmo Moktar, como o bom cachorrinho que você é.

– Creio ser tudo. Mas saibam que vou ficar de olho em vocês. No senhor, senhor Moktar e no senhor também... Qual é mesmo o seu nome? – Disse Gusmão, se preparando para sair, para o estranho homem que lhe respondeu, por entre risos.

– Melkith! Se sabe o que é bom para você fuja herói! Eu só estarei aqui para o proteger até a noite!

Gusmão saiu, ouvindo Moktar chamar o acólito que o recebera ao portão quando chegara. Pôde ver que o homem o olhou com um olhar vazio. De um medo incalculável. Gusmão saiu da guilda dos necromantes e seguiu em direção à residência de Tiago Navere.

Ele andava pelas ruas da cidade baixa. O Capitão Caio precisava ser informado disso. Mas Gusmão precisava tentar prender Navere.

Correndo agora ele subia a rampa de acesso à cidade de Bragança. Seguiu pelo mercado. Indo em direção ao bairro nobre. Seus pés ligeiros voando, apesar da dor que isso gerava em seus joelhos já meio cansados. Parando em um ponto público, Gusmão ligou o intercomunicador daquele corredor. E pediu para falar com o Capitão Caio. O som da resposta do Capitão vinha de outra parte da cidade numa voz distorcida pelos milagres dos ancestrais.

– Foi Navere. Ele que comprou os esqueletos e os cobriu de resina. – Disse logo Gusmão.

– Tem certeza? – Respondeu o capitão.

– Sim.

– Precisamos prendê-lo. Mas antes precisamos localizar todos os esqueletos. Gusmão. Ele irá ao Cabaré hoje. Vou, com meus homens à residência dele e destruiremos os esqueletos. Você deve ir ao cabaré e o prender. Mas aguarde a minha confirmação. Preciso de tempo para mobilizar meus homens e não deixar nenhum esqueleto escapar. – Instruiu o capitão.

Gusmão seguia em direção ao Cabaré. Mas, no meio do caminho sua intuição o fez parar. Por que Thiago iria para o Cabaré pela manhã? Não haveria motivo. Parado enquanto pensava, Gusmão ouviu um dos diversos chamados de áudio que, de tempos em tempos, passavam pelo sistema de som da enorme cidade. Esse anúncio falava sobre as apresentações da mais nova dançarina do Cabaré...

– Guilhermina! – Falou Gusmão resoluto.

Correndo pelos corredores da gigantesca Bragança, a joia do Norte, Gusmão seguia veloz, pedindo perdão aos transeuntes nos quais esbarrava em sua correria. Como fora esquecer da dançarina? Sendo Navere um assassino, ela certamente estaria em perigo. Após tensos minutos correndo e subindo os andares Gusmão finalmente chegou à residência de Guilhermina. Uma vez lá, Gusmão se deparou com estranhos personagens parados à porta. Eram dois indivíduos que vestiam longos mantos e se encontravam completamente parados. Gusmão se aproximou. A mão a postos para sacar a espada.

– Quem são vocês e o que fazem aqui? – Perguntou ele, aos dois.

Nesse momento a porta de Guilhermina se abriu. A dançarina estava se preparando para sair. As figuras voltaram os rostos impassíveis para a porta invencível que se abrira e as mãos sacaram de espadas quando avançavam para a distraída dançarina que não sabia o perigo que corria.

– Guilhermina! Cuidado! – Gritou Gusmão.

O aviso fez com que a moça desviasse o rosto no momento em que a lâmina de uma espada empunhada pelo silencioso atacante passou a milímetros de seu rosto. Gusmão atacou. Sendo repelido pelo segundo assassino que aparou a investida de sua espada. Guilhermina tropeçou e caiu para dentro de casa no momento em que um segundo golpe cortou alguns fios de seu cabelo. Ela gritou, enquanto engatinhava para dentro. O atacante de Gusmão quase acertou o herói, que num rápido movimento desviou do golpe, acertando um murro no rosto do atacante, que se deformou com o impacto, como se tivesse sido afundado. Um olho de vidro saltou caindo no chão e revelando a luz azul da órbita vazia de uma criação necromântica.

Guilhermina chutou o pedestal de um vaso na entrada que caiu, desequilibrando o atacante que precisou se apoiar no umbral para evitar cair. O que atrasou o seu próximo ataque e deu a Guilhermina preciosos segundos para se mover.

Gusmão conseguiu, num movimento preciso, acertar o atacante que aparou, com o braço nu, o golpe, fazendo com que um de seus braços ficasse inutilizado, enquanto o braço da espada avançava para o flanco desprotegido de Gusmão, que certamente teria perecido não fosse o manto do atacante enrolar a espada e desviar o golpe o suficiente para que a armadura de Gusmão absorvesse o impacto, causando uma dor de contusão, porém sem risco de vida.

Guilhermina já levantara e iniciou uma corrida, a espada do atacante rompendo, numa jogada de sorte inacreditável, apenas as alças do vestido que a mesma usava. Vestido esse que caiu ao chão num movimento quase que impossivelmente preciso, revelando o belíssimo corpo nu da dançarina, e colocando um novo obstáculo ao atacante, cujos pés prendendo-se às alças e panos, fizeram com que ele perdesse o equilíbrio e caísse.

Gusmão investiu mais uma vez, porém, dessa vez numa finta que gerou um movimento de defesa no atacante, defesa essa que o colocou numa posição de desvantagem. Fato esse que Gusmão aproveitou para decepar a cabeça do atacante cujo corpo continuou a avançar, umas vértebras ósseas aparecendo por sob a resina plástica que as cobriam. Gusmão então se lembrou do encontro anterior quando o estranho homem pisara no crânio do esqueleto que o atacara. E, num golpe de precisão e habilidade, levantou, com a ponta da espada, a cabeça decepada enquanto desviava o corpo de um novo golpe. Num movimento contínuo, pulou para dentro da casa de Guilhermina, aperta o comando de fechar a porta, o que fez com que a cabeça, colocada habilmente no caminho desta, fosse esmagada pela porta invencível. Gusmão ouviu o som dos ossos sendo esmagados no interior da cobertura de resina, enquanto o corpo ao qual ela era ligada desabava atrás da porta num ruído seco, e, de dentro do crânio esmagado, um som, como o de um suspiro de alívio, saía.

Guilhermina estava encurralada. Próxima à bancada onde preparava suas refeições. Ela arremessou facas que, apesar da improvável pontaria, cravaram na pele de resina do atacante que avançava, agora desembaraçado de todos os obstáculos, para o golpe fatal. Guilhermina gritou, com a certeza da morte próxima. A espada se ergueu num arco fatal que foi interrompido por uma outra lâmina que cortou o braço que atacava a aterrorizada dançarina. O atacante se viu sendo recebido por um soco fortíssimo de Gusmão que, mais uma vez, afundou o rosto do atacante revelando as luzes das órbitas vazias animadas pela magia dos necromantes. O soco desequilibrou o atacante, que caiu. Gusmão aproveitou o momento para, erguer sua prodigiosa espada acima de sua cabeça. O assassino infernal já estava usando de seu braço ainda preso ao corpo para pegar a espada caída. Quando o assassino começou a erguer a espada recém recuperada, a inexorabilidade do golpe de Gusmão cessou o domínio da magia que o mantinha animado, quando desceu certeiro fendendo o crânio oculto sob a resina em dois. O que fez com que Gusmão e Guilhermina pudessem ver por um átimo o rosto de algum desconhecido aparecendo numa fraca visão com uma expressão de alívio, enquanto o corpo animado caia inerte, uma vez desprovido da força mágica que o animava.

– Você está bem? Ele a feriu? – Perguntou, preocupado, nosso herói à dançarina nua.

– Ele, ele, isso, isso, isso queria me matar! – Respondeu ela atônita.

– Calma, você está à salvo. Vou resolver isso agora. Tiago Navere, vai pagar pelos seus crimes. Peço que não saia de casa. E não abra para ninguém mais que não eu mesmo.

– Si-sim... – Respondeu ela.

Gusmão se levantou e seguiu rapidamente, deixando a jovem nua segura em casa, para o Cabaré. Esse estabelecimento nunca fechava, mas era mais frequentado à noite. No entanto seus instintos o faziam crer que seria lá que encontraria Tiago Navere. O mandante de todos esses assassinatos.

Chegando lá. Ele passou, rapidamente, pelos seguranças do local, mantendo a sua espada consigo. E encontrou, numa mesa ao canto, Tiago Navere. Seus seguranças presos em algum tipo de transe enquanto o chefe da guilda dos necromantes, Moktar, conversava com um Tiago Navere aterrorizado.

– Seu imbecil! Sua ambição e ganância me custaram muito. Agora meus pares sabem de tudo. Um herói se intrometeu e você. Você precisa sofrer!

– Perdão senhor. Eu não queria lhe ser um empecilho. Respondeu Tiago seguindo-se de um grito de dor.

– Você me custou muito e vai sofrer. Pena eu não ter mais tempo e precisar destruir as evidências.

Gusmão pôde ver que o necromante fez um gesto que foi seguido de um novo grito de dor de Navere que parecia estar em agonia. Sem poder se mexer em sua cadeira. Os frequentadores habituais do local já haviam fugido todos, e, mesmo os seguranças não ousavam se aproximar.

– Pare seu vil! Eu estou aqui! Gaspar de Gusmão! O Cascadura de Bragança! E vou vencer sua iniquidade! – Bradou Gusmão enquanto avançava resoluto.

– Ora vejam. O herói! – Falou, zombeteiro, Moktar.

Gusmão sentiu seu corpo sendo paralisado por um comando mágico do necromante chefe. E se viu forçado, por um movimento que não comandava, a sentar-se ao lado de Navere.

–Então está aqui também herói. Que divertido! Vou poder me livrar de você juntamente com esse imbecil! – Riu-se o necromante.

– O que está fazendo comigo? – Perguntou, espantado, Gusmão.

– Nada que você possa entender. Apenas aceite que encontrou um rival! Aqui Maljevru não o pode proteger! E pensar que aquele maldito me humilhou! Eu vou me vingar dele sabe? E de você! É uma pena que eu não tenha mais tempo! Eu adoraria saber qual o gosto do sofrimento de um herói. Faz muito tempo que eu não provo um. Mas prioridades primeiro!

Gusmão sentiu uma dor incapacitante atingir todos os pontos de seu corpo, como se ele estivesse sendo perfurado por milhares de facas, por dentro e por fora do corpo. Ele pôde notar ainda o desapontamento do necromante, que falou.

– Parece que você é mais resistente do que imaginei. Queria ter mais tempo par o torturar herói. Ver o que é preciso para quebrar você. Mas tempo eu não tenho.

Gusmão vê Moktar retirar de dentro da roupa um dispositivo.

– Sabe o que é isso? – Perguntou Moktar sendo interrompido por Navere que falou:

– Não! Por favor! Eu não quero morrer!

– Silêncio! Eu me cansei de você. – Falou, furioso, o necromante.

Gusmão viu o necromante tocar o corpo de Navere que gritou, enquanto a vida era sugada de seu corpo em poucos instantes, deixando uma casca vazia onde estivera Tiago Navere. O necromante lambeu os dedos num gesto obsceno.

– Delicioso. Mas como eu dizia. Sabe o que é isso herói?

– Uma bomba dos olhos de Plutônium!

– Sim. Ela vai destruir tudo aqui. É claro que essas suas malditas paredes, não permitirão que tudo desabe, mas vai eliminar todas as evidências. – Riu obscenamente o necromante antes de completar:

– Agora eu vou ter de deixa-lo herói. Afinal, apesar de meu poder, eu não resistiria a uma explosão dessas!

Gusmão viu Moktar levantar-se colocando a bomba na mesa onde estão Gusmão, o cadáver de Navere, e seus guarda costas paralisados.

Ele avançou calmamente, os números da bomba indicando poucos segundos para a detonação. Gusmão não sabia o que fazer. Tentou as disciplinas do Bonifácio, sem resultado. Tenta mover os braços e pernas, sem resultado. Pensou em Guilhermina, na sua vida de aventuras. E como deseja ainda fazer mais. Pensou nos deuses e orou.

– Todos os deuses, estou numa situação sem saída. Preciso de ajuda!

Os segundos passavam, e Gusmão quase perdeu as esperanças, mas, com o canto dos olhos pôde ver uma mulher envolta num manto de escuridão. Ela se aproximou, por trás de Gusmão e lhe deu um beijo no rosto. Gusmão sentiu o corpo livre e pôde agir. Olhou em direção à mulher que não estava mais lá. Sem tempo a perder, Gusmão pegou a bomba que marcava os últimos segundos fatais. Ergueu-a no ar e, num arremesso impossível, gritou para Moktar que estva quase à porta:

– Ei vilão! O bem sempre triunfa!

Moktar se virou para zombar do herói mais uma vez, recebendo a bomba no meio do peito. A expressão de deboche e o ar de vencedor desapareceram de seu rosto quando ele percebeu Gusmão em pé. Rodeado, aos seus olhos, por treze figuras translúcidas. Os deuses dos humanos! Ele não teve tempo de fazer mais nada, que não fosse gritar, quando o calor da explosão começou a devorar seu corpo imortal. A radiação e o calor começaram a destroçar suas moléculas libertando o espírito maligno de seu interior. Esse espírito ainda pôde sentir-se sendo envolvido por um campo de força das paredes invencíveis que contiveram sua forma, e os relâmpagos mortíferos que eram a consequência da morte dos da sua espécie. Ele sentiu, por um átimo a impotência e o vazio do mal, antes de desaparecer da existência num momento de puro desespero e revolta.

Gusmão saiu, pensando na incrível proteção que tivera, no momento mais perigoso pelo qual passara até agora. Ele ainda tinha de encontra-se com Guilhermina, para ajudar a pobre menina a superar o trauma de quase ter sido assassinada e garantir-lhe que o futuro seria bom.

No, então deserto cabaré, treze figuras etéreas conversavam entre si.

– Foi uma intervenção direta Nyt. Não acha temeroso? – Falou um ser brilhante, como uma fonte de luz própria.

O momento de temer passou. Precisamos agir. Ou perderemos tudo. – Respondeu a mulher envolta em sombras, que beijara Gusmão.

– Mas, se perdermos perdemos a humanidade e eu não estou certo em minhas probabilidades de que temos cem por cento de chance de vencer. – Falou outra figura, que parecia ser de metal, com ondas de energia fluindo em padrões geométricos na sua pele.

– Precisamos arriscar. Chegou o meu momento. E, daqui por diante, não teremos mais certeza de nada. Apenas de que temos de fazer tudo ao nosso alcance. – Respondeu ela.

– Sim. Eu voltarei. Creio que o garoto vai precisar de mim. – Falou um homem loiro alto impossivelmente forte.

– Será que estaremos prontos? – Falou um velho de longas barbas brancas, apoiado num cajado.

– Vocês precisam estar. Nós estamos! – Respondeu uma figura totalmente negra que parecia ser feito, ele mesmo, de trevas. Apenas uma luz permanecia, onde deveria ficar um olho, vermelha brilhando forte.

– Sim. Nós estamos. E o destino do mundo se aproxima. – Terminou a deusa Nyt por falar, enquanto apertava a mão do outro deus, aquele envolto em trevas.

Seus pares foram desaparecendo. Restando, por fim, eles dois apenas, que desapareceram juntos de mãos dadas. Seu destino incerto.

Palavras Finais:

As aventuras de Gaspar de Gusmão, o Cascadura de Bragança, continuam no livro Damocles: O início. Há uma história completa no livro. E mais histórias estão por vir. Agradeço aqui a todos os que participaram para a gravação e edição desses podcasts, que vieram a se tornar esse livro que você tem em mãos, leitor, mas em especial, ao Allan Polar, que foi fundamental na edição dessas gravações. Ao Rafael 47 que foi o idealizador do RPG Next e que tem trabalhado arduamente para nos trazer a todos vários podcasts de qualidade além de batalhar dia a dia para a manutenção do projeto, numa tarefa de dedicação e garra, com uma disposição incansável. Gostaria de agradecer aos meus amigos que vêm jogando RPG comigo já há tantos anos, em especial ao amigo Nilson Doria, o criador do personagem de RPG Gusmão na aventura que mestrei e que depois foi portado por mim para os livros e o podcast. Ao Thiago Santos, que, ao se interessar em me ajudar a gravar me gerou a ideia do motivo da aventura de mistério do episódio que acabaram de ouvir. E, gostaria de fazer um agradecimento especial a uma pessoa que não está mais entre nós. O soldado 496.

Quando eu era criança, junto com meu irmão, passávamos os dias de escola na casa de meus avós maternos. Meu avô era uma pessoa fantástica. Ele era extremamente engraçado e contava diversas histórias.

Eu lembro que, quando pequenos, pedíamos para ele contar as suas aventuras do quartel, quando ele, o 496, fazia e acontecia, gerando altas confusões e sempre se saindo bem. Por conta de tanto ouvir histórias, eu imagino que tenha sempre sentido o gosto por criar histórias. O que acabou, em última análise por me colocar aqui nessa conversa com vocês. Então aproveitei várias sequências de conversas gravadas do meu avô com a minha mãe, quando ele já estava doente, e em edição consegui montar uma sequência que fizesse sentido na história do Gusmão. Eu, infelizmente não pude contar com o meu avô para gravar ele mesmo junto comigo o podcast, mas, através da magia da edição, e com um certo trabalho para tentar colocar as palavras certas na ordem certa de maneira a ficarem coerentes, consegui um pequeno diálogo com ele. Diálogo esse que transcrevi aqui. Sinto muitas saudades dele, mas sei que onde estiver, está feliz e aproveitando essa nova fase de aventuras num "level up!"

Vô Heitor! O 496! Também conhecido como o melhor do mundo! Obrigado! Dedico essas gravações e esse livro a você.

BÔNUS:

Prévia do primeiro capítulos de Gusmão no Livro: Damocles: O início.

BÔNUS:

Prévia do primeiro capítulos de Gusmão no Livro: Damocles: O início.

Gusmão

Gusmão estava cansado. Nos últimos meses esteve empenhado em conseguir angariar fundos para a igreja de Helion. Mas mesmo essa atividade já estava começando a cansar. "Preciso me empenhar em algo mais simples.", pensou ele, enquanto caminhava pelas ruas cobertas de Bragança.

Bragança era uma das cidades capitais e, depois de Império, a cidade mais bem cuidada. Suas ruas eram limpas constantemente e as paredes ainda apresentavam as luzes dos milagres, bem diferente de Upanishads, com suas ruas estreitas em plano inclinado e iluminação por tochas. O vai e vem de pessoas era constante, com muitos vendendo suas mercadorias nos amplos corredores da cidade. O principal problema de Bragança era que não havia espaço para todos nas residências. Quando a cidade fora habitada inicialmente no tempo dos milagres, havia espaço de sobra para todos, com bastante possibilidade de ampliação para áreas desocupadas. O principal problema era que, com o tempo, foi-se perdendo a habilidade de cortar e remodelar as paredes invencíveis e a área interna acabara se estabilizando e não podia mais mudar.

A solução que os bragantinos encontraram fora inicialmente um rodízio das famílias: a cada 20 anos, aqueles que estivessem morando no interior da cidade eram realocados para o exterior e os do exterior, para as residências internas. Isso se havia mostrado uma boa solução até a invasão dos insectóides, em 1397 pela contagem Bragantina ou no ano de 10.484 pela contagem do Império, que considerava o ano zero o da chegada dos humanos a Damocles, que dizimara muitas famílias nobres. Depois disso, o sistema havia mudado e as pessoas, preocupadas, resolveram promover mudanças. Houve, então, um rearranjo das moradias com a ereção de paredes comuns de tijolos dividindo residências anteriormente bem espaçosas e desenvolveu-se um novo costume de utilização comunal das facilidades sanitárias, uma vez que essas não podiam ser movidas devido à sua natureza indestrutível, da época dos milagres.

Os habitantes de Império costumavam zombar desses arranjos, mas sem perceber que, a menos que se dispusessem a efetuar um controle de natalidade, acabariam por ter de adotar solução semelhante.

Ao chegar em casa, depois de suas atividades diárias, Gusmão sentou-se em sua cadeira favorita e retirou a cobertura da sua esfera luminosa, banhando a pequena sala com uma claridade esfuziante e, ao mesmo tempo, calmante. Mas, o mais importante, com ela ele conseguia ler. A leitura se tornara um problema recentemente e os fabricantes de lentes vitrificadas, com seu ofício de criação de óculos adequados, conseguiam amenizar esse problema, mas a leitura noturna só podia ser feita com uma iluminação adequada, e ele se perguntava se conseguiria morar no exterior e não ler à noite, ou tentar fazê-lo sob a luz de tochas. Uma perspectiva nada interessante. "Preciso melhorar essa visão.", pensou Gusmão, enquanto se dedicava à sua leitura da Palavra de Helion.

As horas se passaram e ele, mais uma vez, cobriu a esfera com o escuro pano preto que permitia que se dormisse, por reduzir a luz intensa da esfera. "Ah, com uma tocha bastava apagar...", pensou ele, enquanto se dirigia ao reino dos sonhos.

Na manhã seguinte, após acordar, Gusmão se preparou para sair e enfrentar o dia a dia novamente. Com o ir e vir das pessoas agradecidas por seus atos de bravura na última pequena invasão insectóide. Quando, sozinho, segundo alguns, ele repeliu um batalhão com milhares de insetos. "Bobagem pura", pensou ele, "não eram nem cem no grupo avançado e eu tive sorte de poder derrubar a pedra que soterrou a maioria deles no desfiladeiro.", porém as pessoas não se importavam com esses detalhes. O que viram quando chegaram lá havia sido Gusmão descansando sobre uma pilha de insetos, e, mais para trás, alguns milhares deles esmagados. "Que bom que a pedra rolou e foi esmagando os milhares que se encontravam por trás.", pensou. "Assim, só precisei lidar com uns poucos." O fato é que, devido a esse incidente, sua fama chegou a níveis estrondosos e as pessoas se juntavam para ver esse senhor de idade, herói de Bragança.

Como era da natureza das lendas, a estória já tinha aumentado muito, fazendo com que ele tivesse sozinho derrotado um exército. O que, a bem da verdade, havia ocorrido, mas por mérito de inteligência e sorte. Sua reputação já estava definida, tendo Gusmão até mesmo sido agraciado pelo Rei Pedro de Bragança (alguns queriam chamá-lo de Imperador, mas ele mesmo recusava o título: "Imperadores precisam de um império e já existe um.", ele sempre dizia) com a gema da ordem terceira do Paço Real Bragantino. A mais alta honraria civil possível. E alguns especulavam que lhe havia sido oferecido até mesmo um título de nobreza, que Gusmão, em sua modéstia, teria recusado.

Ao passar próximo à residência de Guilhermina, a dançarina do espetáculo noturno mais popular do momento em Bragança, Gusmão ouviu um chamado:

— Oi, meu herói!

— Guilhermina, como andam as apresentações?

— Você saberia se viesse à noite. Mas você nunca vem, meu querido!

— Eu sei, mas estou com idade de tomar um chá quente e ler à noite e não ficar acordado dançando e bebendo a essa horas. Embora eu sinta falta de ver você dançar.

— Posso fazer um show particular para você a hora que quiser...

— Eu imagino, mas meus velhos olhos não aguentariam tanta beleza.

— Você não tem jeito mesmo! Aonde vai a essa hora?

— Estou indo ao corredor do mercado. Soube que estão trazendo uma remessa de chá de Upanishads que é muito boa e quero ver se compro um pouco.

— Você poderia me fazer um favor, uma vez que está indo lá?

— Para você, qualquer coisa.

— Olha que eu posso pedir coisinhas mais gostosas e complicadas.

— Assim você me derrota! E eu tenho de manter minha reputação de invencível, ou então ninguém me acharia mais interessante, só um velho cansado.

– Pra mim você sempre será interessante. Mas o que eu queria te pedir é para comprar uma coisa para mim no mercado.

– Pode pedir.

– Você poderia comprar um daqueles batons que estão à venda lá? Ouvi dizer que no mercado tem um enviado de Império que tem um batom que, à luz das nossas esferas milagrosas, faz os lábios se iluminarem como se estivesses acesos. E pensei em usar isso no meu próximo número. Acho que deve ser caro, mas vai valer à pena para o número que estou pensando.

– Um batom mágico, então?

– Não sei se é mágico ou se é dos ancestrais, mas acho que, se ele existir, preciso ter um.

– Vou ver se acho. Qual o nome desse mercador?

– Pelo que sei, se chama Neil ou Nils, algo assim.

– Então estamos acertados. Se eu encontrar, vou trazê-lo à noite.

– Eu aguardo você à noite, então, para testarmos esse batom.

– Bom, você testa. Eu acho que eu não ficaria muito bonito com ele. Seja reluzindo ou não.

– Você não tem jeito.

Enquanto caminhava, Gusmão pensou: "Se eu fosse uns vinte anos mais novo, quem sabe..."

Ao chegar ao mercado, procurou brevemente o chá que precisava, encontrando facilmente o tipo desejado. Era um chá de folhas levemente prensadas e estava embalado cuidadosamente em uma bolsa que, à primeira vista, parecia ser de couro de cavalo. Junto ao chá, atestando a qualidade da mercadoria, estavam, em uma pequena bolsa de pano, cristais dessecantes ancestrais. Curiosamente, esse milagre ancestral específico nunca se havia perdido e os apreciadores de especiarias e outros produtos que se deterioravam com a umidade puderam manter seus produtos sempre bem frescos e conservados.

Ao chegar ao estande de maquiagens, Gusmão perguntou sobre o batom luminoso. E o mercador exibiu com orgulho sua mais nova aquisição. Segundo o comerciante, era manufaturado pelos koltranos e vendido aos humanos, o que deixou Gusmão intrigado, pois as mulheres koltranas (talvez fosse melhor chamá-las de fêmeas?) não possuíam um rosto nem levemente parecido com o das mulheres humanas e, com sua pele coriácea e esverdeada, dificilmente apreciariam algo como maquiagem. Contudo, era verdade que os koltranos, quando não estavam em guerra com os humanos, sabiam aproveitar as oportunidades comerciais e faziam valer os seus produtos. Curiosamente, os poucos escravos koltranos que viviam com a população de Bragança evitavam chegar perto das mulheres que usavam essas maquiagens, notou Gusmão.

– Creio que hoje não vou levar esse aí não, meu caro, talvez outro dia.

– O senhor está desperdiçando uma excelente oportunidade! Mercadorias como essa são raras e nem sempre disponíveis.

– Eu sei, mas vou me arriscar.

– O senhor que sabe.

– Até mais.

Enquanto caminhava para casa, Gusmão se colocou a pensar: "Realmente estranha a reação dos koltranos...

Talvez eu deva procurar saber o porquê dela." No caminho, passou pelas "Portas Semiabertas". Nesse local, dizia a lenda, os ancestrais haviam conseguido destruir um grupo avançado koltrano, e, segundo contavam, o líder Koltrano, que possuía uma das armas ancestrais, conseguiu danificar as portas, que eram feitas do mesmo material das paredes invencíveis. E, desde então, essas portas não se moviam mais. E ficaram presas em um estado semiaberto. Algo interessante a se observar que, no local onde se causara o dano, podia-se observar durante as festividades, quando os orbes luminosos eram cuidadosamente cobertas, um pequeno brilho azulado. Nesse local, nenhum objeto conseguia passar pelo furo que ali havia, agindo como que repelido por uma força ou vento irresistível. Os Clérigos de Onymar, diziam que o Espírito desse deus permeava as paredes e as portas e naquele local, no aniversário da invasão, podia-se ver esse espírito em ação. Os críticos questionavam que, se Onymar era realmente tão poderoso, por que as portas não se comportavam de novo normalmente? Isso deixava os clérigos furiosos, mas a resposta padrão era que os deuses eram misteriosos e seus meios mais misteriosos ainda e que os homens e mulheres não podiam sequer supor como ou por que caminhos andavam suas decisões e métodos, além do que a presença de Onymar se fazia notar nitidamente nos feriados para calar os infiéis. Os críticos não tinham muito o que responder uma vez que o milagre era patente e visível a todos nesses dias.

Ao chegar à porta de casa, Gusmão se deparou com uma cena inusitada, um rapazola, talvez de uns 15 a 17 anos, estava deitado no chão, dominado pelos guardas.

Um deles, estava ajoelhado sobre a perna do rapaz, que chorava em silêncio, enquanto uma pequena multidão vociferava impropérios. Ao chegar mais perto, as pessoas abriram caminho instintivamente, pois Gusmão, além de ser uma figura conhecida, mesmo estando um pouco mais maduro, era ainda deveras imponente.

– O que houve, guarda? – perguntou Gusmão.

– Senhor Gusmão! – o guarda se levantou rapidamente de sobre a perna do rapaz, enquanto dizia: – Não esperávamos a honra de vê-lo aqui, senhor!

– O que fez o rapaz?

– Esse delinquente tentou me roubar! – respondeu uma senhora com a face visivelmente alterada pela preocupação.

– O que ele roubou, senhora?

– Eu estava caminhando quando senti um puxão na minha bolsa, ela caiu no chão e ele se abaixou para pegá-la.

– E por isso a senhora concluiu que ele a estava roubando?

– Olhe o rostinho desse safado! Com certeza é um ladrão!

– Não sou ladrão! – vociferou o rapaz, recebendo, por isso, um chute do guarda mais próximo.

– Por favor, oficiais! Não vamos ser apressados! Qual o seu nome, filho?

– Me chamo Alex, senhor.

– Alex, conte-me com suas palavras o que aconteceu. Ninguém mais vai machucá-lo aqui. – falou Gusmão, enquanto casualmente se ajoelhava para ajudar o rapaz a se sentar e, ao fazê-lo pelo desvão de sua capa, mostrou-se imponente a sua famosa espada. A espada que detivera os exércitos insetos, a espada reforjada por ordem do Rei Pedro para portar o emblema da casa real.

– Senhor, eu estava indo hoje comprar pão para minha mãe, quando vi a bolsa dessa senhora se prender ali na alça de iluminação. A bolsa, por ser frágil, rompeu-se e caiu. Eu me abaixei para pegá-la e a senhora achou que eu a estava roubando.

– Mentira! Ele tinha uma faca nas mãos! – retrucou a senhora.

– Onde está essa faca? – perguntou o velho herói.

– Quando nós chegamos, senhor, ele a jogou algo no duto de escoamento e não pudemos recuperar. A senhora vítima nos disse que era uma faca e, por isso, prendemos o rapaz.

– Entendo, podem me mostrar onde foi jogada a faca?

– Não tenho faca, senhor!

– Calma, rapaz, vamos chegar ao fundo disso.

Todos se caminharam mais alguns metros, aproximando-se da casa de Gusmão.

– Foi aqui que a faca caiu.

– Não tenho faca!

– Cale a boca, seu ladrão!

– Guardas, por favor! Vamos ver isso, certo? Como essa é a minha casa, posso abrir os dutos para verificar se há algo preso neles. Esperem um momento enquanto eu pego minhas ferramentas.

Após alguns minutos, Gusmão retornou com uma pequena caixa de madeira com instrumentos antigos guardados. Abaixou-se e, com o auxílio desses instrumentos, abriu a tampa superior do duto coletor no chão. Ali introduziu sua mão e, de lá, puxou um objeto metálico comprido e brilhante.

– Seria essa a sua faca?

Os guardas se entreolharam envergonhados, pois nas mãos de Gusmão se encontrava uma chave metálica usada para fechar portas comuns de madeira instaladas nas residências mais pobres, que não podiam contar com as portas Onymarianas das residências de luxo.

– Minha chave! Deve ter caído enquanto eu corria! – exclamou Alex.

– Vamos lá guardas, ficou claro aqui que o rapaz estava dizendo a verdade. – intercedeu o herói.

Os guardas, com as faces vermelhas, retiraram as algemas do rapaz, que se ajoelhou com dificuldade frente a Gusmão.

– Muito obrigado, Senhor Gusmão!

Gusmão colocou suas mãos nos braços do rapaz, levantando o garoto e disse:

– Não se ajoelhe, rapaz, que eu não sou o rei. Apenas ele merece esse gesto. Senhores, aprendemos uma grande lição aqui hoje. Não devemos julgar pelas aparências. Esse rapaz, embora seja humilde, não é um ladrão, e, além disso, estava ajudando a senhora em apuros. Guardas! Senhora!

– Sim, senhor Gusmão?... - respondeu a senhora, com a face vermelha e cabisbaixa.

– Creio que a senhora deve um pedido de desculpas e uma indenização a esse rapaz. Afinal, ele foi ferido enquanto a ajudava.

– Senhor...? Desculpas?...

– Claro! É o mínimo que podemos fazer por ele, que se feriu ao ajudá-la.

– Certo... Desculpe-me rapaz...

– O nome dele é Alex.

– Desculpe-me, Alex.

– Agora, quanto à reparação, acho que uma compensação financeira estaria justa, não?

– Senhor Gusmão?

– Sim, Alex?

– Isso não é necessário. Não me machuquei muito e só fiz o que precisava fazer.

– Então, está certo. Guardas! Suas desculpas?

– Desculpe-nos, garoto.

– O nome dele é Alex. – observou Gusmão.

– Desculpe-nos, Senhor Alex, a polícia se lamenta por tê-lo ferido.

– Obrigado, policiais, não há problema, vocês estavam cumprindo o dever de vocês.

Alguém, na agora não tão pequena multidão, começou um coro:

– Gusmão!

E logo outras pessoas entoavam esse coro repetidamente:

– Gusmão! Gusmão! Gusmão!